Impressum:

Deutsche Originalausgabe

Alle Rechte vorbehalten

Herstellung und Verlag
BoD – Books on Demand
In de Tarpen 32, 22848 Norderstedt
www.bod.de

Copyright (Bild/Text): Sara Palmer
ISBN: 9783-7431-6793-3
Nationaler und Internationaler Vertrieb:
Books on Demand GmbH

Deutsche Erstauflage: Februar 2017

Sara Palmer

KEIN ENTKOMMEN

Thriller

„Sara Palmer"

ist das Pseudonym einer deutschen Autorin. Sie lebt mit ihrer Familie in Bayern.

Im Oktober 2016 erschien ihr erster Roman:

„Albtraum der Knaben – Chronik eines pädophilen Serientäters", nach einer wahren Begebenheit.

Für 2017 ist ein weiterer Roman in Planung.

1

3. Septemberwoche, Kempten (Allgäu)

Montags um neun Uhr zwanzig saß der ehemalige Hauptkommissar Peter Engler in einem Regionalexpress, der ihn von Kempten nach Bad Aibling bringen sollte. Aufgrund der stressfreieren Anfahrt hatte er sich für die Bahn und gegen die Fahrt mit seinem eigenen Pkw entschieden, obwohl er Zugfahrten eigentlich überhaupt nicht mochte. Der Himmel in Kempten war dunkelgrau und wolkenverhangen, als der Zug endlich Fahrt aufnahm. Er blätterte die Allgäuer Zeitung durch, kurz nachdem er die anderen Fahrgäste im Zugabteil kritisch beäugt hatte. Der Zug war um diese Zeit höchstens halb voll, wahrscheinlich, weil erst gestern die Sommerferien geendet hatten, und die Schüler und Pendler längst in den Schulen und an ihren Arbeitsplätzen waren. Er sah über seine Zeitung hinweg, zu der ihm gegenübersitzenden blonden jungen Frau, die fast blitzartig ihren Kopf zur Fensterscheibe drehte, als sie seinen Blick bemerkte. Da alle anderen im Abteil – nur zwei Männer – es auch lieber vorzogen, verkrampft in ihre Tablets oder Handys zu stieren, vertiefte er sich in den Sportteil seiner Zeitung. Seine beiden großen Koffer hatte er über den Gepäckservice der Bahn, schon zwei Tage zuvor von seiner Wohnung abholen lassen, sodass er nur noch eine kleine Umhängetasche mit sich führte die zwischen seinen Beinen lag.

Fünfundvierzig Minuten später – kurz nach Kaufbeuren – sendete er seiner einzigen Tochter Jenny, die in München studierte und wohnte, eine SMS. Seine geliebte Tochter hatte die schrecklichen Ereignisse, die sich in den Allgäuer Alpen vor drei Monaten ereignet hatten, mittlerweile wieder ganz gut verarbeitet und war seit acht Wochen – Gott sei Dank – glücklich liiert. Mit ihrem neuen Freund Alex, hatte sie einen verständnisvollen Mann an ihrer Seite, der sich liebevoll um sie kümmerte. Er arbeitete als Ingenieur bei Audi in Ingolstadt. Kennengelernt hatten sie sich Ende August im Englischen Garten in München, als Alex nach einem Spiel des FC Bayern, etwas später, mit seinem Kumpel Andi, noch einen Biergarten in Schwabing aufsuchte. Seitdem war das junge Paar ein Herz und eine Seele. Hoffentlich noch sehr lange, da seine Jenny in der Vergangenheit mit ihren Beziehungen bisher wenig Glück hatte.

„Wohin sind Sie denn unterwegs?", riss ihn auf einmal die blonde Dame gegenüber aus seinen Gedanken.

„Nach Bad Aibling, ... und Sie?", fragte er etwas verdutzt.

„Nach Rosenheim, das liegt gleich ums Eck. Da haben wir ja die nächsten zwei Stunden die gleiche Strecke", bemerkte sie lächelnd.

Erst jetzt musterte er sie etwas genauer; sie war hellblond, hatte lange Beine, die andeuteten, dass sie mindestens Eins fünfundsiebzig war, und vermutlich Anfang dreißig. Seine Tochter war nur unwesentlich jünger, bemerkte er, als bei ihm ein Kribbeln einsetzte, als er ihre große Oberweite ins Visier nahm. Als sie ihn lächelnd und kaugummikauend ansah, roch er, dass sie Raucherin war. Ein kleiner Minuspunkt, den sie aber mit ihren grazillen Beinen und dem naturschönen Gesicht – mit wenig Make-up – wieder locker wettmachte. Ihre langen Beine steckten in einer hautengen

Jeans, und der cremefarbene enge Pullover, brachte ihre großen Brüste gekonnt zur Geltung. Erst jetzt wurde ihm wieder bewusst, dass er seit dem Tod seiner Frau vor fünf Jahren keinen Sex mehr gehabt hatte. Eine traurige Erkenntniss, die seinen Pulsschlag spürbar in die Höhe trieb. Warum nicht etwas flirten? Schließlich hatte er nicht nur den Polizeidienst quittiert, sondern befand sich auf dem Weg zu einer Kur. Wenn nicht jetzt flirten, wann dann? In Kempten ging er so gut wie nie aus. „Machen Sie Urlaub in Rosenheim?", setzte er deshalb die Unterhaltung munter fort.

„In gewisser Weise, ja", antwortete sie fast geheimnisvoll und kratzte sich oberhalb ihres rechten Busens. Engler spürte, wie sich in seiner unteren Region etwas aufzurichten begann. Hoffentlich bemerkte es keiner der anderen Anwesenden, die es aber lieber weiter vorzogen, ihre elektronischen Spielzeuge zu befriedigen. Anscheinend waren diese technischen Spielereien bei vielen Leuten heutzutage die bevorzugtere Variante der „modernen" Unterhaltung.

„Meine Eltern betreiben seit fast zwanzig Jahren, ein kleines Hotel in Rosenheim, ziemlich zentrumsnah", setzte die Blondine das Gespräch fort, „und ich soll in ein- bis zwei Jahren ihre Nachfolge antreten. Vor fünf Jahren bin ich nur aufgrund einer Urlaubsbekanntschaft nach Kempten gezogen, und jetzt, als die Schweinebacke mich verlassen hat, hält mich dort nichts mehr, nicht mal die schöne Region. Also, zurück zu den Wurzeln, schließlich bin ich eine gebürtige Chiemgauerin."

„Verstehe", entgegnete Engler. Vielleicht ließe sich im Vorfeld seiner Kur schon ein Date ausmachen? Aber vermutlich wollte die junge Dame durch die Konversation nur die Zeit der Zugfahrt schneller hinter sich bringen. Abgesehen davon, war er ja schließlich kein George Clooney, sondern nur ein durchschnittlich aussehender, leicht übergewichtiger Mann im verfrühten Seniorenalter. Im Beamtendeutsch „Pensionist" genannt, das hörte sich doch deutlich besser an.

„Und, Sie? Was führt Sie nach Bad Aibling? Reha oder Kur, nehme ich mal an? Übrigens, ich heiße Katja."

„Angenehm, Peter. Sie liegen richtig mit Ihrer Annahme, Katja. Ich trete in wenigen Stunden meine vierwöchige Kur in Bad Aibling an."

Mittlerweile waren sie in Buchloe angekommen, wo kaum jemand aus- aber viele zustiegen, sodass der Zug im Nu gerammelt voll war. Die letzten zwei Plätze ihres Abteils, wurden von einem jungen Paar besetzt, das sich angeregt unterhielt. Vielleicht war die junge Frau nach der Weiterfahrt deshalb nicht mehr so redselig, damit nicht alle durcheinanderredeten, mutmaßte Engler und schlug wieder seine Zeitung auf. Immer wieder warf er aber einen kurzen Blick auf seine blonde Zugbekanntschaft, bis eine gute Stunde später – kurz nach elf – der Zug im Münchner Hauptbahnhof ankam. Fünfundzwanzig Minuten Zeit zum Umstieg in den „Meridian", der dann Richtung Salzburg weiterfuhr.

„Wir müssen zum Gleis 16", nahm die blonde Frau wieder das Gespräch auf, und Engler hoffte, dass sie sich wieder zu ihm ins Abteil setzen würde. Sie trug nur eine kleine Handtasche, bestimmt hatte sie schon alles andere, bei ihren Eltern deponiert. Gemütlich schlenderten sie hundertfünfzig Meter auf die andere Seite des Bahnhofes, wo bereits der „Meridian" wartete. Es war keine Eile geboten, denn der Zug fuhr erst in zwanzig Minuten weiter, und es war kaum was los auf dem Bahnsteig.

„Ich rauch noch eine Zigarette. Teilen wir uns dann wieder ein Abteil, Peter?"

„Klar, ich reserviere einen Platz für Sie. So wie`s aussieht, ist der Zug aber sowieso ziemlich leer. Ich setz mich hier ans Fenster", meinte er, und deutete mit seiner Hand auf den zweiten Waggon.

Fünfzehn Minuten vergingen bis Englert erneut in das Gesicht der blonden Katja sah, die ihm gegenüber wieder grinsend Platz nahm. Alle anderen Abteile waren spärlich besetzt, und nur das Grölen zweier „Heranwachsender" war nach der Abfahrt zu hören.

„Da haben anscheinend zwei Jugendliche etwas zu viel getrunken", mutmaßte Katja bei dem unüberhörbaren Lärm.

„Befürchte ich auch, hoffentlich machen die zwei keinen Ärger", erwiderte Engler und zog die Stirn in Falten. Kurz darauf kam der Zugbegleiter, und sie hörten, wie er die zwei Jugendlichen ermahnte, doch etwas ruhiger zu sein. Engler beschlich ein dumpfes Gefühl, dass ihn selten trügte, und schob deshalb etwas die Abteiltür auf.

„ ... Maul, Alter!", schallte es aus nur aus wenigen Metern Entfernung zu ihnen. Katja zuckte zusammen und fühlte sich – unübersehbar – zunehmend unwohler.

„Schieb deinen Kadaver weiter, und steck dir deine Tickets in den Arsch", vernahmen sie die kieksende Stimme eines bestimmt noch nicht volljährigen Jünglings. Englert erhob sich aus seinem Sitz und spähte einen Spalt aus der Abteiltür. Keine drei Meter weiter, sah er, wie einer der Jugendlichen, den Schaffner – einen Endvierziger mit unübersehbarer Bierwampe – am Hals packte. Der grauhaarige Zugbegleiter stand genau auf Höhe der aufgeschobenen Abteiltür und zitterte wie ein Nackter bei fünf Grad Minus.

„Oh Gott, wir sollten die Bahnpolizei rufen", meinte eine sichtlich schockierte Katja, die mit ihrem blonden Kopf jetzt neben dem seinigen auftauchte.

„Das dauert zu lange", meinte Engler, stand energisch auf, und schob die Abteiltür zur Seite.

Der Jugendliche mit kurzrasiertem Schädel, nahm ihn aus dem Augenwinkel wahr, erhöhte aber trotzdem den Druck auf den Schaffner, der immer mehr nach Luft röchelte, aber keinerlei Anstalten machte sich zu wehren.

„Lass den Mann los!", schrie Englert ihn an, und trat bis auf einen Meter an ihn heran. Jetzt wurde auch der zweite Jugendliche aktiv und erhob sich aus seinem Sitz. Er war spindeldürr und etwa Eins neunzig groß, aber bestimmt noch keine Achtzehn. Er hatte – wie sein Kumpel – eine kahlrasierte Matte und trug buntgemusterte Army-Klamotten, die aber bestimmt nicht von der deutschen Bundeswehr stammten. Oberhalb seiner rechten Augenbraue hatte er eine etwa fünf Zentimeter lange Narbe, die rosig schimmerte. Bestimmt hatten die beiden schon einige Messerstechereien hinter sich, mutmaßte Engler und spannte seinen Körper an. Obwohl er über drei Jahrzehnte als Kommissar hinter sich hatte, war er nur einmal – vor fünfzehn Jahren – in eine nennenswerte Schlägerei verwickelt gewesen, aber nicht während des Dienstes, sondern bei einem abendlichen Besuch auf der Allgäuer Festwoche. Damals ging es gut für ihn aus, aber dieses Mal? Er war bei weitem nicht mehr so kräftig und schnell wie damals.

„Was willst du denn, Opa?", fragte der zweite Jüngling, ballte seine Faust und baute sich vor ihm auf, während sein Kompagnon, weiter den Hals des Schaffners zudrückte.

„Ich bin Polizist. Hört auf und setzt euch hin, oder wollt ihr in den Knast? Bei Körperverletzung gibt`s einige Jahre Jugendknast, für`s Schwarzfahren nur eine Geldstrafe."

„Ach, und du glaubst, du könntest uns hier belehren, was richtig ist und was nicht? Du wirst gleich ein Gebiss benötigen, wenn du deinen fetten Arsch nicht sofort wieder in deinen beschissenen Sessel bewegst, Alter! Kapiert?"

Englert war sich jetzt bewusst, dass bei diesen beiden Primitiven, kein gutes Zureden mehr half. Ansatzlos schnellte seine linke Faust vor, die nur als Täuschung ausgelegt war, denn der Junge zog zwar seinen Ellenbogen hoch, war dann aber zu langsam, die rechte Faust von Engler abzuwehren, die wie ein Hammer auf seinen Solarplexus zuschoss und voll traf. Wie vom Blitz getroffen, krümmte er sich zusammen und schnappte verzweifelt nach Luft. Sein „Kamerad" erkannte sofort, dass sein Kumpel, den „alten Mann" falsch eingeschätzt hatte, ließ den Schaffner sofort los, und stürzte auf Engler zu. Bevor er sich jedoch auf ihn werfen konnte, krachte etwas in seine Visage. Ein runder Gegenstand aus Chrom landete in seinem Gesicht, genau auf seinen Mund. Englert hörte, wie ein großer Teil seiner Zähne abbrachen. Katja! Sie hatte mit einem „Knirps" zugeschlagen, einem zusammengesteckten Regenschirm, der genau auf seiner Mundpartie einschlug. Wahrscheinlich brauchte der Junge jetzt die dritten Zähne, mutmaßte Englert, mit einer gewissen Erleichterung. Der Junge hielt schreiend die Hände an seinen Mund, und spürte zwischen seinen Fingern das Blut und ein halbes Dutzend abgebrochener Zähne. Sein Freund bekam von Englert einen weiteren Schlag als Kinnhaken verpasst, und lag Sekunden später bewegungslos am Boden. Dann war der Spuk vorbei. Ein weiterer Mitreisender hatte das Spektakel kurzzeitig verfolgt, und dann die Notbremse gezogen. Ein weiterer Fahrgast hatte die Polizei verständigt, denn als der Zug kreischend und pfeifend hielt, stürmten fünf Bahnpolizisten mit gezogenen Pistolen in den Zug. Kurz darauf hörte Englert einen Krankenwagen mit lauter Sirene, und schwor sich in diesem Moment, beim nächsten Mal doch lieber wieder mit seinem Auto anzureisen.

2

Tanja Probst hatte heute ihren freien Tag. Sie war seit fast fünf Jahren, als Physiotherapeutin in der Rehaklinik Wendelstein, in Bad Aibling beschäftigt. Da sie alle vierzehn Tage auch samstags arbeitete, hatte sie dafür als Ausgleich am Montag frei. Auch nicht schlecht, fand sie, das hatte einige Vorteile. Zum Beispiel den, dass sie dann einer ihrer Lieblingsbeschäftigungen, ohne großen Trubel nachgehen konnte: saunieren in der imposanten Bad Aiblinger Therme. Seit die Therme vor acht Jahren umfangreich modernisiert und vergrößert worden war, kamen die Besucher sogar bis aus München, obwohl die riesige Erdinger Therme, viel näher an der Landeshauptstadt lag. Am Wochenende war die Therme meistens so voll, dass der Trubel und Lärmpegel oft unerträglich war, von der Platznot ganz zu schweigen. Montags waren – vorwiegend – nur Kurgäste und Urlauber in der Sauna, was das Ganze deutlich angenehmer und entspannter machte. Und was gab es Schöneres, als eine schwach frequentierte Saunalandschaft, zum Relaxen und Schwitzen? Und natürlich: viel weniger Gaffer und Spanner, die gab es nämlich – leider – auch. Zumal sie auch ein Blickfang vieler Männer war: durchtrainierter Körper bei Eins sechsundsiebzig Körpergröße, dreiundsechzig gut verteilte Kilos, und eine beträchtliche Oberweite. Ihre – ihrer Meinung nach – zu großen Brüste, störten sie allerdings oft, da sie gern joggte und sich auch häufig in der freien Natur bewegte. Da half auch der beste Sport-BH nichts mehr, um ihre hängenden Brüste zu stabilisieren. Das schwache Bindegebe hatte sie anscheinend von ihrer Mutter geerbt, auch die hatte – bis zu ihrem tragischen Autounfall vor drei Jahren – genau die gleichen „Probleme" gehabt.

Männer betrachteten das natürlich – meistens – aus einem „lüstern-primitiven" Blickwinkel. Tanja trug ihr dunkelblondes, schulterlanges Haar als gebundenen Pferdeschwanz, wie immer, wenn sie in die Sauna ging. Vor acht Monaten hatte sie sich dummerweise – ausgerechnet an ihrem Arbeitsplatz – auf eine Affäre eingelassen. Und dann auch noch mit einem von den siebzehn Ärzten die dort beschäftigt sind. Noch dazu mit einem der Orthopäden, der daheim eine Frau und vier kleine Kinder hatte, alle zwischen zwei- und acht Jahren. Aber fürs Fremdgehen waren diese geilen Böcke von Mediziner, (fast) immer zu haben. Zumindest die meisten, oder gar alle? Ständig bekam sie irgendwelche Avancen, langsam kotzte sie diese Scheiße wirklich an. Hoffentlich begegnete ihr hier in der Therme keiner dieser notgeilen Säcke, ansonsten mochte sie ihre Arbeit ja wirklich gerne. Auch ihre Therapeuten-Kollegen waren alle ganz okay. Allerdings waren in ihrem zwanzigköpfigen Team, vierzehn Frauen und nur sechs Männer, aber die waren – bis jetzt – alle handzahm. Gott sei Dank konnte sie sich nach einem – intimen – Treffen, wieder von Dr. Seehofer trennen, obwohl er weitere Versuche startete, aber sie lies ihn Eiskalt abblitzen. Da konnten auch seine Gratis-Einladungen auf irgendwelche karibischen Inseln, sie nicht mehr umstimmen.

An diesem Montag war – wie erwartet – sehr wenig los in der Therme, was Tinas gute Laune noch weiter verbesserte. Zuerst schwamm sie ein paar Runden unter der mondänen Thermenkuppel, bevor sie eine halbe Stunde später durch das Drehkreuz, in die riesige Saunalandschaft ging. Sie zog ihren knallgelben Badeanzug aus, duschte, und ging danach in die Eukalyptussauna, die ideal zum Starten war, da sie nicht so hoch temperiert wird. Als sie die Kabine betrat, grüßte sie eine ältere Dame freundlich, die bestimmt schon um die Achtzig war. Nach zwei Minuten war Tina bereits feuchtwarm, und es tropfte von ihrem ganzen Körper. Kurz darauf verließ die ältere Dame die Kabine, und sie lehnte sich mit ihrem schweißnassen Körper an die Wand hinter ihr. Sie schloss die Augen und döste leicht summend vor sich hin.

„Hallo", erklang es auf einmal, als sie kurz vor dem Einschlafen war. Sie öffnete ihre Augen, und sah auf den Body eines durchtrainierten, braungebrannten Körpers, dessen wohlgeformter Penis unmittelbar vor ihrem Gesicht baumelte. Sie zuckte leicht zusammen und erwiderte leicht verschämt den Gruß. Tina merkte, dass sie der Typ – vielleicht Anfang dreißig – immer wieder musterte, was sie etwas irritierte, obwohl er ihr gefiel. Sie hatte ihn in der Therme noch nie gesehen, obwohl sie schon seit fast acht Jahren hier regelmäßig verkehrte. Nach zwei Minuten – sie überlegte schon, wann sie die Kabine wieder verlassen sollte – traute er sich dann sie anzusprechen: „Welche Sauna kannst du mir denn für den nächsten Gang empfehlen? Ich bin heute das erste Mal hier."

Sie musterte ihn zaghaft, bevor sie antwortete. Er war weit über Eins neunzig, hatte glatt rasierten Brust- und Schambereich und dunkles, volles Haar.

„Also, den zweiten Gang mach ich meistens in dem Eisdampfbad, danach geh ich immer in die heißere 90-Grad-Sauna. Draußen ist ein ganz neues Blockhaus, mit Platz für 60 Personen. Dort gibt's ab 14 Uhr stündlich Aufgüsse. Auswahl gibt's wirklich genug, zwischendurch schwimm ich auch mal raus und lass mich massieren."

„Massieren? Von wem?"

„Von den Düsen an der Beckenwand. Die laufen jede halbe Stunde für gut drei Minuten. Der Strahl ist ziemlich stark." Amüsiert sah er sie an. Vielleicht war ihr letzter Satz zu zweideutig?

„Darf ich mich dir anschließen? Ich heiße übrigens, Pascal." Beim Blick in seine braunen Augen, erwiderte sie lächelnd: „Den ein- oder anderen Gang, können wir schon zusammen machen, aber nicht alle. Ich brauch auch zwischendurch meine Entspannungsphasen, mit viel Ruhe. Einfach dösen und nur Musik hören." Schließlich sollte es kein Typ zu leicht bei ihr haben.

„Verstehe", meinte er lächelnd.

Dann wurde er doch zur Klette, was aber aufgrund seiner netten Art durchaus erträglich war. Nur selten verirrten sich am Montag solch knackige, attraktive Bürschchen hier. Im weiteren Verlauf des Nachmittags, erfuhr sie von ihm, dass er mit seinem Kumpel Axel, eine Woche Urlaub in Rosenheim verbrachte. Über seinen Freund verlor er so gut wie kein Wort, wahrscheinlich mochte der das Schwitzen nicht. Nachdem sie die nächsten drei Stunden – fast ohne Pausen – miteinander verbrachten, was sie eigentlich gar nicht beabsichtigt hatte, lud sie Pascal zum Abschluss noch zum Essen ins Thermen-Restaurant ein. Dort erzählte er einiges aus seinem Leben, wie zum Beispiel, dass er in der IT-Branche als Administrator arbeitete. Eigentlich keine schlechte Partie, dachte sie sich, und ließ sich schnell für ein Date am Mittwoch überreden. Schließlich hatten nicht alle Mütter so attraktive Söhne. Also, warum dann eine Einladung in ein gutes Restaurant ablehnen? Was danach kam, würde man dann schon sehen. Wie konnte sie auch ahnen, dass das nächste Date ihr Leben entscheidend verändern würde.

3

Die Situation im Zug hatte sich wieder beruhigt und entspannt. Die Beamten der Bundespolizei hatten einem der beiden jungen Schläger die Handschellen angelegt. Sein Kumpel wurde mit dem Rettungswagen in die nächstgelegene Klinik gefahren, da er die ganze Frontseite seiner Zähne verloren hatte und dazu einiges an Blut. Tanja hatte einen Volltreffer gelandet, was die Polizisten zu Kopfschütteln veranlasste.

„Hätten Sie ihm doch nur die Nase zertrümmert, das wäre günstiger für den Knilch gewesen", meinte einer der Polizisten sarkastisch, als er die Protokolle des Schaffners und der übrigen Zeugen aufnahm.

Nachdem Katja und Englert ihre Angaben gemacht hatten, nahm der Ex-Kommissar sie zur Seite und meinte: „Danke, Katja. Von den anderen Reisenden wäre vermutlich keiner eingeschritten, die haben sich bestimmt vor lauter Schiss in die Hose gemacht." Dann stiegen sie in den nächsten Anschuß-Zug.

„Hoffentlich haben wir diesmal unsere Ruhe", meinte Katja, als sie in einem leeren Abteil wieder Platz genommen hatten. „Was machen Sie eigentlich beruflich? Sie sind doch noch nicht im Ruhestand, oder?"

„Ich bin, oder besser gesagt war, bei der Kripo in Kempten, Polizist, genauer gesagt, Hauptkommissar."

„Ach, daher weht der Wind. Deshalb auch die Nahkampferfahrung, oder?", meinte sie bewundernd.

„Mein letzter Selbstverteidigungskurs ist schon über zehn Jahre her, das Kämpfen habe ich meistens den anderen überlassen. Mir ging`s eher um den armen Zugbegleiter, wer weiß, was die mit dem gemacht hätten."

„Wir erreichen in Kürze Bad Aibling. Ausstieg in Fahrtrichtung rechts", ertönte es durch die Lautsprecher.

„Zeit uns zu verabschieden", meinte Katja. Sie kramte in der Tasche ihrer Jacke. „Hier, die Adresse unseres Hotels." Sie drückte Englert eine Visitenkarte in die Hand. „Schauen Sie doch mal vorbei, am besten abends nach neunzehn Uhr."

„Mach ich, Tanja. Merci, für ihr couragiertes Auftreten und ihre schlagkräftige Unterstützung!" Dann hielt der Zug. Er drückte die junge Frau zum Abschied an seine breite Brust, und küsste sie auf die Stirn.

4

Als Englert aus dem Zug ausstieg, nahm er ein Taxi und fuhr zu dem kleinen Kurhotel Kindl, wo er die nächsten vier Wochen verbringen sollte. Das Hotel wurde seit drei Generationen familiär betrieben und genoss einen exzellenten Rufn, nicht nur vor Ort. Trotz einbrechender Buchungen bei den Bundesweiten Kuraufenthalten seit Mitte der 1990er-Jahre, war das Hotel ganzjährig gut ausgelastet. Das schafften nur wenige Hotels, die bis in die Neunzigerjahre vorwiegend auf Kurgäste spezialisiert waren, und dann völlig neues Gästepotential akquirieren mussten, die auch dazu bereit waren einiges für ihre Gesundheit zu investieren.

Fünf Minuten später setzte ihn der Taxifahrer im Ortsteil Harthausen, unmittelbar vor dem Eingang des Hotels ab. Englert hängte sich seine kleine Tasche um, und schritt zur Rezeption, wo ihn bereits eine korpulente Hotelangestellte mittleren Alters anlächelte. Er stellt sich kurz vor und reichte ihr seine Hand, worauf sie wohlwollend meinte: „Ihr Gepäck ist schon auf Zimmer 18, im 1. Stock, Herr Englert", und reichte ihm dabei seine Schlüssel. „Das Abendessen ist im Erdgeschoss, Tisch Nr. 7 ", ergänzte sie. Des Weiteren erläuterte sie ihm noch einige Besonderheiten des Hauses, und das er - bei Interesse - einen kleinen Rundgang vor dem Abendessen noch mit dem Chef des Hauses machen konnte. Englert nickte nur knapp und verschwand eilig auf sein Zimmer. Es war fast halb vier, und er beschloss, noch vor dem Rundgang ein kleines Nickerchen zu machen. Er trat ans Fenster, sah kurz auf die Chiemgauer Alpen, zog seine Schuhe aus, stellte sie auf den Balkon, und legte sich danach – bekleidet – auf sein breites Doppelbett. Keine drei Minuten später schnarchte er und hätte beinahe noch das Abendessen verschlafen, wenn ihn die aufmerksame Rezeptionistin nicht kurz vor sieben, wieder aus dem Schlaf geläutet hätte. Scheiße, den Rundgang hatte er schon mal verpennt. Er bedankte sich, stellte sich zügig unter die Dusche, verstaute danach sein Gepäck, und zog sich ein dunkelgrünes Trachtenhemd mit schwarzer Cordhose an. Dazu noch braune Haferschuhe und fertig war die Abend-Garderobe. Ach ja, eine kurze elektrische Rasur und sein neues Rasierwasser von „Boss", könnten bestimmt auch nicht schaden. Schließlich wollte er am ersten Abend keinen schlechten Eindruck hinterlassen. Um 19.30 Uhr trottete er ins Erdgeschoss und spähte nach den Schildern an den Tischen, bis er Nr.7 entdeckte, wo ein Mann und eine Frau schon genüßlich schlemmten und ihn lächelnd musterten.

„Guten Abend, die Herrschaften. Englert, mein Name. Peter Englert." Er reichte beiden die Hand und setzte sich. Beide schätzte er auf Anfang sechzig. Zumindest vom Alter passte die Sitz-Konstellation.

„Angenehm", antwortete der korpulente Mann mit Halbglatze kauend, und taxierte ihn durch seine dicken Brillengläser. Vermutlich war er aufgrund seiner Fettleibigkeit auf Kur, wobei Englert bezweifelte, ob er bei den Mengen auf seinem Teller jemals abnehmen würde.

„Ich bin der Herbert", meinte der Dicke „und das ist die ..."

„Gisela", ergänzte die Dame mit hochgestecktem Haar, dass unübersehbar, feuerrot gefärbt war. „Freut mich auch. Peter, wenn Sie nichts dagegen haben, können wir uns gern gleich duzen. Das ist unter den Kurgästen hier so üblich", bemerkte sie mit einem schelmischen Blick auf ihren Nebenmann, der bestätigend mit vollen Backen nickte.

„Klar, gern. Schmeckt's euch?", fragte er und warf einen Blick auf ein fünf Meter langes Büffet, das in der Mitte des Raumes platziert war. Die anderen fünfundzwanzig Tische, waren ebenfalls mit zwei- bis vier Personen belegt.

„Leider", seufzte Herbert Brunner, während er gierig einen Blick auf eine Schale mit Entenfleisch warf, die noch halb gefüllt mit Schenkeln war. „Eigentlich wollte ich in den vier Wochen Aufenthalt hier, mindestens zehn Kilo abnehmen. Jetzt, nach knapp einer Woche, hab ich aber zwei zugenommen. Wo soll das bloß enden?"

Gisela grinste. „Du musst dich mehr unter Kontrolle haben, Herbert. Ich hab dir schon mehrfach gesagt, du sollst „FDH" machen und mehr Sport treiben. Oder, was meinst du Peter?"

„Absolut korrekt. Ich will auf diesem Weg auch mindestens acht Kilo abnehmen. Deshalb geh ich heut mit gutem Beispiel voran und hol mir nur einen Salatteller." Dann stand er auf und lief zum Salatbuffet. Wobei er dann aber doch nicht widerstehen konnte, und sich einen Putenfleischschenkel mit auf den Teller legte. Als er wieder saß, kam die Bedienung und er bestellte ein Erdinger Alkoholfrei.

„Woher kommst du, Peter?", fragte Herbert und leckte sich dabei den rechten Daumen ab.

„Ich bin aus dem Allgäu, genauer gesagt aus Kempten. Und ihr?"

„Ich komme aus Hannover und Gisela aus Berlin. Also, grob gesagt, sind wir Nordlichter."

„Ich nicht", echauffierte sich Gisela. „Ich bin eine gebürtige Berlinerin, wir sind keine Nordlichter! Aber das Allgäu kenn ich auch, ich hab schon mal in Isny Kur gemacht. Da sind wir an einem Regentag, mal zum Einkaufen nach Kempten gefahren. Eine nette, hübsche Stadt. Und die Allgäuer sind ja so gastfreundlich, da fahr ich bestimmt wieder hin. Aber jetzt erstmal Prost, meine Herren." Sie hob ihr Sektglas und stieß mit den anderen beiden an.

„Was hast du denn abends immer geplant, Peter?", fuhr sie fort.

„Keine Ahnung. Habt ihr das Nachtleben schon unsicher gemacht? Was gibt's denn, wo sich`s auch lohnt hinzugehen?"

„Keine dreihundert Meter von hier, gibts das Tanzcafe Hubertus. Dort waren Herbert und ich schon zweimal. Das hat Niveau und jeden Abend ein anderes Programm. Das heißt, es gibt immer ein anderes Motto und unterschiedliche Musikrichtungen. Heute und morgen ist aber Ruhetag. Wir könnten aber Mittwoch hin, da ist Oldie-Abend. Was meint ihr?"

Herbert Brunner löffelte in seiner Nachspeise und nickte zustimmend. „Das machen wir. Peter, du gehst auch mit, gell? „Gell" sagt man doch bei euch, statt oder?"

„Korrekt. Klar, geh ich mit, ich will doch sehen, was hier so alles geboten ist." Vor allem die Frauenwelt, dachte er insgeheim. Dass er gegen einen „Kurschatten" nichts einzuwenden hätte, behielt er aber lieber für sich. Sonst würde er dieser Gisela am Tisch, womöglich noch unnötig Hoffnungen machen. Dann doch lieber eine zehn- bis dreißig Jahre jüngere Lady, schließlich war seine Ex-Frau schon ein Jahr älter gewesen als er. Time to change.

5

Jenny Englert und ihr neuer Freund Alex Bittl waren ein Herz und eine Seele. Sie waren erst seit wenigen Monaten zusammen – genau genommen zwei – und verstanden sich prächtig. Nachdem was Jenny im Sommer noch durchgemacht hatte, die bessere „Therapie" als bei einem Psychologen rumzusitzen. Bei einem Besuch ihres Vaters im Allgäu, war sie das Opfer einer Entführung geworden. Tagelang war sie eingesperrt in einer Berghütte im Hintersteiner Tal, und konnte nur aufgrund ihres starken Willen und viel Glück entkommen. Bei ihrer Flucht ins Tal, wurde der Entführer von einer Sonderheit der Polizei erschossen. Was den Fall aber nicht endgültig aufklärte, schließlich waren vor ihr mehrere andere junge Frauen, auf ebensolche mysteriöse Art und Weise entführt- und bis heute nie gefunden worden. Alle vermissten Frauen verschwanden an einem hochgelegenen Bergsee, mit dem zutreffenden Namen; „Schrecksee", der ein sehr beliebtes Wanderziel war. Zuerst dachte man an Zufälle, bis sich die „Unfälle" häuften, und trotz groß angelegter Suchaktionen, die Vermissten nicht mehr aufzufinden waren, weder im Gelände noch in dem Wasser, des fünf Hektar großes Sees. Insgesamt verschwanden dort in den letzten vier Jahren, nicht weniger als acht junge Frauen, alle zwischen zwanzig- und dreißig Jahre alt. Hunderte von Polizisten mit Suchhunden, waren tagelang unterwegs um Spuren zu finden, aber außer einer Haarspange am Ufer, wurde nichts gefunden. Bei Jenny lag der Fall anders: sie wurde in der Wohnung ihres Vaters betäubt und entführt, der die damaligen Ermittlungen leitete. Nachdem die Entführung von Jenny glücklich endete, quittierte ihr Vater vorzeitig den Dienst, drei Jahre vor seiner offiziellen Pensionierung. Er begründete seinen abrupten Schritt mit der Erklärung, dass er dem Job nervlich nicht mehr gewachsen sei, und nicht mehr das Leben von sich und seiner einzigen Tochter aufs Spiel setzen wollte. Die Medien warfen ihm vor, er kapituliere nur vorzeitig, weil er den mysteriösen Fall nicht zur Aufklärung bringen konnte.

Wie dem auch sei, konnte Jenny schneller als erwartet – auch mit der Hilfe ihres neuen Freundes – das Trauma der Entführung gut verarbeiten. Weil sie merkte, dass der ganze Fall auch ihrem Vater sehr zu Herzen gegangen war, überredete sie ihn, eine Kur zu machen. Sie befürchtete, dass er sonst in Depressionen und dem Alkohol verfallen würde, weil er seit dem Krebstod ihrer Mutter, auch alleine lebte und nur wenige (richtige) Freunde hatte. Und jetzt saß sie mit Alex auf der Couch, und sie überlegten, wenn sie ihn in Bad Aibling besuchen wollten.

„Also, ich hab gestern mit ihm telefoniert", meinte Jenny. „Er wäre erfreut, wenn wir ihn am Sonntag besuchen würden." Sie befanden sich in der Wohnung ihres Freundes in Ingolstadt. Ihr Apartment – wegen ihres Studiums – hatte sie in München. Zusammenziehen war aufgrund ihrer noch sehr jungen Liason, vorerst (noch) kein Thema.

„Super, ich war noch nie in der Chiemgauer Gegend", meinte Alex. „Wir könnten es ja mit einem Besuch in Salzburg verbinden, die Stadt muss wunderschön sein. Vormittags Salzburg und am Nachmittag Bad Aibling."

„Vielleicht will Papa auch mit nach Salzburg? Ist das nicht zu stressig an einem Tag?"

„Bestimmt nicht, ich hab mir die Route schon auf dem Navi angesehen. Wir brauchen nach Salzburg, wenn wir von Ingolstadt aus starten, maximal zweieinhalb Stunden, außer wir geraten in einen Stau. Zurzeit sind aber keine Ferien. Die große Rückreisewelle nach den Sommerferien ist vorbei, und die Herbstferien beginnen erst in vierzehn Tagen."

„Vielleicht könnte ich Papa überreden, dass wir eine Schifffahrt am Chiemsee machen, da fahren noch bis Ende Oktober die großen Schiffe?"

„Ja, gute Idee, bestimmt schöner als Bad Aibling. Dann besuchen wir Schloß Herren-Chiemsee, eine der Touristen-Attraktionen. Das Wetter soll ja am Wochenende sehr schön sein."

Sie schenkte ihm sein Glas mit Cola voll und meinte: „Aber eine Bitte, Alex: erwähne auf keinen Fall, meine damalige Entführung! Der „Fall Schrecksee" hat ihm sehr zugesetzt. Seit dem Tod von Mutter, ist seine Psyche eh schon so labil. Ich höre aus jedem Satz bei ihm, die Traurigkeit und Melancholie heraus. Ich hoffe, er findet eine nette Urlaubsbekanntschaft während seiner Kur, die ihn wieder in bessere Stimmung versetzt. Ein bisschen Zuneigung – und auch Sex – würden ihm bestimmt ganz guttun."

6

Mittwochabend in Bad Aibling

Um 19.30 Uhr trafen sich Tanja und Pascal in der „Pizzeria Pippione", einem alteingesessenen, italienischen Lokal im Herzen des Kurortes. Sie beschlossen in dem schönen Biergarten zu verweilen, da es noch angenehm warm um diese Zeit war. Das Thermometer auf Tanjas Outdoor-Uhr, zeigte milde 21 Grad an. Kein Lüftchen störte die laue Spätsommernacht, sodass beide im T-Shirt auf ihren Stühlen saßen, und ihre Jacken über den Stuhllehnen hingen. Tanja hatte es sogar gewagt, einen Minirock anzuziehen. Ihre braunen wohlgeformten Beine schimmerten im Laternenlicht des gemütlichen Kastaniengartens.

„Wunderschöner Abend", schwärmte Pascal und stieß mit ihr an. Er lud sie auf einen Prosecco ein, was Tanja nicht störte, da sie zu Fuß unterwegs war. Ihre Wohnung lag nur knapp achthundert Meter vom Lokal entfernt.

„Ja, traumhaft", erwiderte Tanja. „Der Chiemsee hat auch noch badetaugliche 21 Grad. Was isst du?"

Er blätterte in der Speisekarte. „Pizza Speziale Grande, dazu einen Thunfischsalat. Das macht mich jetzt an. Und du?"

„Wenn du Pizza nimmst, nehm ich auch eine. Nur eine mit Meeresfrüchten, dazu einen kleinen Salatteller. Hoffentlich hast du einen großen Appetit, die Pizza Grande ist schon gewaltig und die Salatschüssel auch riesig."

„Großer Magen, großer Hunger", meinte er und sah dabei

in ihre himmelblauen Augen.

„Wie groß bist du denn, Pascal?"

„Eins vierundneunzig, und du?"

„Eins sechsundsiebzig. Dann hab ich dich ungefähr richtig geschätzt, sonst hätte ich nämlich nicht meine Plateauschuhe angezogen, die haben gut zehn Zentimeter Absatz."

Sie bestellten ihr Essen und keine zehn Minuten später brachte ihnen ein kleiner untersetzter Italiener ihre Gerichte. Beim Anblick seines Tellers meinte Pascal: „Du hast recht gehabt, Tanja. Meine Pizza und der Salat hätten leicht für uns beide gereicht."

„Ich hab dich gewarnt", meinte sie grinsend, als sie seinen Teller sah, der fast die Hälfte des Tisches belegte. „Was macht eigentlich dein Freund, von dem du in der Sauna erzählt hast? Ist der nicht eifersüchtig wenn du ein Rendevouz hast?"

„Ach wo, der gönnt mir das. Heute ist ja irgendwo so ein Champions-League-Spiel, dass zieht er sich jetzt im Hotel rein. Die haben so einen Konferenzraum bei uns im Hotel, da steht eine riesige Leinwand. Im Vergleich zu mir, ist er ein großer Fußballfan, mir geht das nämlich ziemlich am Arsch vorbei. Ich weiß nicht mal wer spielt. Tanzt du eigentlich gern, Tanja?"

„Klar, nur die meisten Männer sind heutzutage nicht mehr fähig dazu. Sag bloß, du kannst tanzen?"

„Sonst würde ich dich ja nicht fragen. Ich wüsste nämlich ein schickes Tanzlokal, wo heut noch was los ist."

Sie sah ihm in seine moccabraunen – fast unergründlichen – Augen. Er gab sich wirklich alle Mühe, sie niveauvoll zu erobern. Warum nicht, schließlich lag ihr letzter Sex auch schon fast ein halbes Jahr zurück. Er hatte einen tollen Body, war gut bestückt und hatte ein markantes, kantiges Gesicht. Fast wie Daniel Craig – vor fünfzehn Jahren – , nur einen halben Kopf größer. Dass er vermutlich nur auf einen Urlaubsflirt aus war, störte sie nicht. Auf die große Liebe warten, war nicht ihr Ding, da hatte sie schon einige große Enttäuschungen hinter sich. Seitdem ließ sie es auf sich zukommen, wie es sich halt gerade ergab. Außer einer Arbeitsplatz-Affäre war ihr nichts mehr heilig. Wenn der Mann ihren Vorstellungen entsprach, war sie sich auch für einen One-Night-Stand nicht zu schade. Warum auch? Das romantische Getue mancher Frauen ging ihr sogar auf den Keks.

„Jetzt sag aber nicht, du meinst das „Hubertus"? Da ist nämlich heute Oldie-Abend."

„Doch, dass mein ich. Da waren wir – Robert und ich – nämlich letzte Woche, dort find ich`s ganz cool. Taugt dir das?"

Tanja kannte es gut genug. Manche fuhren bis aus Salzburg oder München zu dem Tanzlokal, weil es so beliebt war. Am Wochenende kamen meistens nur noch Stammgäste rein, weil es ab 21 Uhr (fast) immer voll war.

„Gute Idee", antwortete sie, „heute werden Klassiker aus den 80er-Jahren gespielt. Die Musik war damals sowieso besser als heute. Viele flotte Disco-Rhythmen, die auch zum Foxtrott bestens geeignet sind."

Er machte einen Gesichtsausdruck wie ein Honigkuchenpferd und streichelte dabei ihre Hand. „Na, dann sind wir uns ja wieder einig. Dann lass uns in einer Stunde hier aufbrechen. Musst du morgen früh raus? Wo arbeitest du?"

„Ich bin Physiotherapeutin in der Wendelstein-Klinik. Um acht Uhr fang ich an. Bis zum Schluss bleib ich deshalb bestimmt nicht drin, die haben nämlich immer bis drei Uhr auf. Also, ich sag dir gleich, dass ich spätestens um ein Uhr abhaue, sonst bin ich morgen nämlich total zerrädert. Unser Job ist nämlich ganz schön anstrengend."

„Kein Problem", meinte er grinsend, „ich fahr dich heim, wann immer du willst. Ehrenwort!"

Sie sah in seine Augen, die wie bei einem Raubtier funkelten, dass seine Beute taxierte. Irgendein merkwürdiges Gefühl beschlich Tanja auf einmal, sie konnte nur nicht deuten warum. Aber, was konnte in einem Tanzlokal schon großartig passieren?

7

Wenige Stunden zuvor im Hotel Kindl

Als Peter Englert am späten Mittwochnachmittag auf der Sonnenterrasse des Kurhotels döste, lagen Gisela und Herbert rechts und links von ihm auf ihren Sonnenliegen. Obwohl sie sich erst wenige Tage kannten, war das Verhältnis zwischen den dreien schon ausgesprochen gut, solange sich Englert zwischendurch abseilte. Ständig konnte er die beiden nämlich nicht ertragen, da sie seines Erachtens einfach zu viel redeten, dass konnte einem schon mal auf den Sack gehen. Auch auf der Terrasse blieb er nicht von ihnen verschont. Mittlerweile wusste er nahezu alles, was es an Sehenswürdigkeiten und Lokalitäten weit und breit gab. Er merkte, dass Gisela einem Flirt – oder vielleicht auch mehr – nicht abgeneigt war, doch leider war sie überhaupt nicht sein Typ. Sie war seit zwei Jahren geschieden, einundsechzig Jahre alt, und Lehrerin an einer Potsdamer Mittelschule. Ihre zwei Söhne waren schon weit über dreißig und beide verheiratet. Seit fünf Jahren war sie stolze Oma. Trotz eines dicken Make-ups, war ihr Alter nicht mehr zu verleugnen. Bei der Wassergymnastik stellte Englert fest, dass ihre Brüste – trotz festem BH-Teils – bestimmt bis zum Bauchnabel baumeln würden. Sie war zwar nicht sonderlich dick – im Vergleich zu Herbert – , hatte aber ein schwaches Bindegewebe, sodass auch das Fett ihrer Oberarme immer schlackerte, wie bei frischem Pudding.

„Und, was habt ihr beiden Hübschen nach der Wassergymnastik gemacht?", fragte Englert und putzte dabei die Gläser seiner Sonnenbrille.

„Du hast wirklich was verpasst, Peter", erwiderte Gisela, die sich getraut hatte, mit knappem Bikini – der ihr bestimmt zwei Nummern zu klein war – auf die Terrasse zu liegen. Durch die knappen Oberteile, waren beide Brüste halb entblößt, was ihr nicht sonderlich viel auszumachen schien. „Wir haben uns zwei E-Bikes ausgeliehen, dann sind wir zum Simsee geradelt, der liegt ungefähr zwanzig Kilometer von hier. Als wir mittags ankamen, sind wir gleich ins Wasser – es hat noch über 20 Grad – , danach haben wir am Ufer noch ein makaberes Schauspiel verfolgt."

„Schauspiel? Welches Schauspiel?", fragte Englert verwundert.

„Gott sei Dank, wir waren schon aus dem Wasser", erzählte Herbert Brunner weiter, „sonst hätte ich wahrscheinlich noch einen Schock gekriegt und wär abgesoffen. Rate mal, Peter, was da im Wasser schwamm, äh ... trieb?"

„Ein toter Fisch, vielleicht ein Zander?"

„Schön wär`s, ein Toter!", setzte Gisela fort, bekam eine Gänsehaut, und ihre Brustwarzen zogen sich unübersehbar zusammen. „Eine Leiche trieb im Wasser, Peter. Stell dir das mal vor. Wenn die mich beim Schwimmen berührt hätte, läg ich jetzt im Krankenhaus, wegen eines Herzinfarkt."

Englert merkte, wie sich seine Nackenhaare aufstellten. Erinnerungen überkamen ihn: Tote im Wasser - Leichenteile - Frauen - Schrecksee - , er dachte, dass hätte er jetzt alles hinter sich. Gut, dass er sich den beiden nicht angeschlossen hatte. „Habt ihr den Leichnam gesehen?", fragte er.

„Klar, trotz hunderter von Schaulustigen. Die Wasserwacht zog den leblosen Körper aus dem Wasser und brachte ihn an Land. Es war eine Frau."

Leichen – Frauen – Schrecksee. Das musste Zufall sein, ein verdammter Zufall. „Eine Frau? Seid ihr sicher? Habt ihr sie gesehen?"

„Klar, Peter", setzte Herbert Brunner fort. „Eine junge, hübsche Frau. Ich hab sie genau gesehen, die war noch nicht lange tot. Die war höchstens Anfang dreißig. Grauenvoll."

Englert begann zu schwitzen, dann zitterte er. Gisela bemerkte es und fragte ihn: „Mein Gott, Peter. Gut, das du nicht dabei warst, wenn dich schon unsere Erzählung so mitnimmt."

Englert hatte ihnen bisher nicht gesagt, dass er ein ehemaliger Polizist war, nur, das er Beamter war, im Verwaltungsdienst, der vorzeitig in den Ruhestand ging, aufgrund von psychischen Problemen. Mehr wollte er beim besten Willen hier niemandem erzählen, sonst bekam er womöglich wieder schlaflose Nächte.

„Furchtbar", erwiderte er nur. „Deshalb schau ich auch nie Krimis an, das raubt mir den Schlaf. Und was habt ihr dann gemacht? Weiß man, woran die Frau gestorben ist?"

„Keine Ahnung", meinte Herbert. „Die eintreffende Polizei hat alle Schaulustigen abgedrängt, damit sie den Arzt nicht behindern, der kurz darauf eintraf."

„Vielleicht gibt's ja wilde Fische hier?", meldete sich Gisela wieder zu Wort. „Diese Zander können bis zu drei Meter groß werden, die sind fast schon wie Haie."

„Blödsinn!", meinte Herbert. „Die sind scheu und greifen keine Menschen an. Bestimmt hat sich die Frau überschätzt und ist zu weit rausgeschwommen, dann ging sie irgendwann unter und keiner hat's bemerkt. Ich hab mal gelesen, dass auf dem Seegrund im Bodensee, weit über hundert Leichen vermutet werden. Berufstaucher wären monatelang damit beschäftigt, die alle nach oben zu holen."

„Warum jetzt spekulieren, morgen steht's eh in der Zeitung, dann wissen wir's genau", meinte Gisela und rieb sich mit Sonnenöl ihre Brüste ein. „Ich würde vorschlagen, wir lassen uns jetzt nicht die Laune vermissen, schließlich gibt's in zwei Stunden Abendessen. Nicht, dass uns dadurch noch der Appetit verdorben wird, nicht wahr, Peter?"

„Ja, du hast recht", entgegnete Englert. „Lasst uns relaxen."

„Genau, das wir später fit sind für das Tanzcafe", meinte Herbert. „Hoffentlich komm ich noch in meine Leinenhose."

Englert hörte nicht mehr zu, ihn jagten die Geister der Vergangenheit.

8

Als Tanja und Pascal gegen zweiundzwanzig Uhr dreißig das Tanzlokal betraten, war es – wie erwartet – brechend voll. Pascal hatte (vorsorglich) am Nachmittag schon einen Tisch reserviert, anscheinend war er sich schon vorzeitig sicher gewesen, das sie hier landen würden, was Tanja etwas ärgerte. War sie schon so gut berechenbar, oder hatte er nach dem ersten Date schon felsenfest damit gerechnet, dass sie hier landen würden? Egal, besser als in dem dichten Gedränge hier rumzustehen, nur mit einem Glas in der Hand, und blöd glotzen, wie es die meisten Männer taten. Als der Discjockey nach ihrer Getränkebestellung, den Klassiker „Moviestar" auflegte, nahm sie ihn spontan an der Hand und zog ihn auf die Tanzfläche. „Jetzt schauen wir mal, wie es mit deinem Taktgefühl aussieht", murmelte sie lächelnd vor sich hin. Eine Minute später merkte sie – obwohl sie bestenfalls eine mittelmäßige Tänzerin war –, dass es da eher mau aussah. Die Tanzfläche war bestimmt nicht seine zweite Heimat, dachte sie sich, nach dem zweiten Song, den sie sich noch mit ihm abmühte.

„Beim Slow-Fox bin ich deutlich besser", meinte er gequält am Tisch. Als kurz nach dreiundzwanzig Uhr der Schmachtfetzen „Sailing" kam, nahm er sie dann bei der Hand und zog sie aufs Parkett. Er zog sie so dicht an sich, dass kein Blatt Papier mehr dazwischen passte. Schon nach wenigen Sekunden spürte sie seine dicke Beule in der Hose. Seine Hände strichen sanft über ihren Rücken und Po, sodass sie die Feuchtigkeit in ihrem Schritt verspürte.

„Lass uns zum Abkühlen kurz nach draußen gehen", meinte sie nach dem Song. Unweit der Bar, gab es eine Schiebetür, die auf eine große Terrasse hinausführte, die im Sommer auch als Cafeteria und zum Grillen genutzt wurde. Sie waren nicht das einzige Pärchen, das auf diese Idee kam, es waren noch vier weitere in den dunkleren Ecken und knutschten. Sie küssten sich leidenschaftlich, bei bestimmt noch fünfzehn Grad und leichtem Wind, der um ihr langes Haar strich, dass sie jetzt offen trug. Eines konnte man nicht an ihm kritisieren: küssen konnte er wie ein Weltmeister, dafür gab`s eine „Eins Plus", dachte sie sich, als ihr Slip bereits klatschnass war.

„Ich muss mal schnell für kleine Mädchen", meinte sie und nahm seine Hände von ihren Pobacken. Er nickte nur grinsend und drückte ihr noch einen Kuss auf die Wange. „Aber komm wieder", meinte er und kratzte sich am Schritt.

Als sie fünf Minuten später wieder bei ihm war, hielt er zwei Gläser Sekt in seinen Händen. „Auf den zauberhaften

Abend", flüsterte er und drückte ihr ein Glas in die Hand.

„Cheers", erwiderte sie und stieß mit ihm an. Nach einem langen Zug, bei dem sie das halbe Glas leerte, meinte sie mit Blick auf seine ausgebeulte Jeans: „Dein bester Freund kriegt langsam Platzangst."

„Nicht weit von hier, gibt's einen kleinen Weiher, da wären wir ungestört. Sollen wir in zehn Minuten dorthin, da wären wir ungestört? Das sind höchstens dreihundert Meter."

Komisch. Tina war hier in unmittelbarer Nähe gar kein Weiher bekannt, obwohl sie schon öfter hier spazieren war. „Bist du sicher?", fragte sie deshalb.

„Ganz sicher, wir sind gestern daran vorbeigejoggt."

„Mal sehen, lass uns erstmal wieder reingehen, es wird langsam frisch." Sie liefen Hand in Hand zum Tisch, bis Tanja auf einen Schlag bemerkte, dass ihr kalt wurde. Saukalt. Trotz der hohen Innentemperatur von bestimmt 25 Grad.

Der DJ legte derweil einen rockigen Song von Tina Turner auf. „Lass uns nochmal offen tanzen, ich muss mich wieder aufwärmen", sagte sie zu ihm. In ihrem engen Shirt, dem kurzen Minirock und den wallenden blonden Haaren, war sie auch für andere Männer, ein äußerst attraktiver Blickfang. Mit ihren klobigen Plateauschuhen, hatte sie auch bei dem glatten Tanzboden, keinerlei Balanceprobleme. Damit tanzte sie auf jeden Fall besser, als mit Pumps. Bisher. Als sie beim Tanzen, ihre wallende Mähne hin- und herwarf, merkte sie, dass ihr etwas schwindlig wurde. Durch das Kopfschütteln? Tanzte sie zu wild? Unmöglich. Ihr Tanzschritt wurde noch unsicherer, sie torkelte fast wie eine Betrunkene. Der Alkohol? Sie hatte doch nur ein Glas getrunken! Blitzschnell legte Pascal seinen Arm um ihre Hüfte damit sie nicht umfiel, und stützte sie bis zu ihrem Stuhl.

„Geht's dir nicht gut, Tanja?" fragte er besorgt.

„Ich weiß nicht", stammelte sie gequält. „Mir ist auf einmal so schwindlig, das kenn ich gar nicht. Normal kann ich ohne Probleme stundenlang tanzen, aber jetzt fühl ich mich, wie nach einer Achterbahnfahrt und drei Liter Alkohol im Blut."

„Wahrscheinlich hast du heute zu wenig getrunken, es war ja relativ warm den ganzen Tag. Ich bestell jetzt erstmal eine Flasche Mineralwasser. Die kippst du zügig runter, dann geht's dir bestimmt gleich wieder besser."

„Hoffentlich", erwiderte sie mit zitternder Hand.

Pascal lief zur Bar, da von der Bedienung weit und breit nichts zu sehen war. Keine Minute später kam er mit einer Literflasche Mineralwasser wieder, und schenkte ihr ein Glas ein. „Hier, trink", sagte er und drückte ihr das Glas in die rechte Hand, wobei sie sich konzentrieren musste, es nicht gleich zu verschütten. Hastig schlang sie beide Hände um das Glas und kippte alles auf einen Zug hinunter.

„Lass uns gehen, Pascal. Mir geht's wirklich nicht gut, ich glaub, ich muss gleich kotzen!", meinte sie mit flackernden Augen. Alle mussten sie für stockbesoffen halten.

„Bist du sicher, Tanja?"

„Ja, absolut. Ich glaube, das Wasser hilft auch nicht. Fahr mich sofort heim, ich muss mich hinlegen. Bitte!"

„Okay, wie du willst. Kein Problem. Bezahlt hab ich schon.

Komm, ich stütz dich, damit du nicht hinfliegst."

Dann beugte er sich zu ihr und half ihr hoch. Einige Gäste sahen sie an und grinsten. Wahrscheinlich vermuteten die meisten, dass die junge Frau total besoffen war oder unter Drogen stand. Beinahe wäre sie – obwohl Pascal sie liebevoll stützte – noch über das Bein, eines dicklichen, älteren Herrn gestolpert, der aber schlagartig seinen Fuß zurückzog, als ihn Pascal böse ansah. Dann hatten sie den Ausgang erreicht, und Tanja schnappte gierig nach der frischen Luft.

„Mein Schatz, ich trag dich jetzt die letzten Meter zum Wagen, sonst fliegst du mir noch hin", vernahm sie gedämpft." Sie fand kaum noch die Kraft um ein Wort zu sagen, und stöhnte nur noch leise vor sich hin. Er trug sie, nicht wie ein Verliebter der seine Angetraute über die Schwelle trug – sondern wie ein Kartoffelsack, über seiner rechten Schulter. Dann stand er vier Meter vor seinem Wagen – einem 3er-BMW – und betätigte die Fernbedienung seines Zündschlüssels. Es piepte kurz und er öffnete die Beifahrertür. Er wuchtete Tanja von seiner Schulter, hievte sie auf den Beifahrersitz und stellte die Lehne nach hinten.

„Wo ... bin ... ich?", stammelte Tanja mit letzter Kraft und verschleiertem Blick.

„Baby, du bist bei mir im Auto. Ich schnall dich jetzt noch an, schließlich bist du ja eine kostbare Fracht. Und dann geht`s ab, zum Trip deines Lebens! Freust du dich schon?" Als er mit quietschenden Reifen losfuhr, sackte ihr Kopf zur Seite und alles wurde schwarz. Schwärzer als die Nacht.

9

„Und, Peter, gefällt`s dir?", fragte Gisela, als gerade die Musik von Harpo die Tanzfläche zum Kochen brachte.

„Ja, ganz nett der Schuppen", entgegnete Englert, der die Leute im Tanzcafe genauer betrachtete. Ein bunt gemischtes Publikum, irgendwo zwischen fünfundzwanzig und fünfundsechzig. Sie passten gerade noch in die „Zielgruppe" dieses – durchaus niveauvollen – Tanzlokals. Englert fiel ein attraktives Pärchen auf, das unweit von ihnen saß. Ein gutaussehender, dunkler Typ – „Marke Julio Iglesias", um die Dreißig – , und eine langbeinige, blonde Frau mit Minirock. Sie war etwa fünf- bis sieben Jahre jünger als ihr Lover, schätzte er. Die nette Maus wäre auch seine Kragenweite gewesen. Sie hatte eine gewisse Ähnlichkeit mit seiner Zugbekanntschaft vor einigen Tagen, aber sie war es definitv nicht, nach eingehender Betrachtung. Sie war jünger und größer als die schlagkräftige Hoteldame aus Rosenheim. Und besaß mehr Oberweite, die deutlich hinter der engen Bluse zu sehen war. Verdammt, was war nur mit ihm los? Auf einmal stand er auf Frauen, die seine Töchter sein konnten! Vor wenigen Jahren hatte er die „alten Säcke" noch verurteilt, die sich die jungen Dinger angelten, warum auch immer. Und jetzt machten ihn die jungen Weiber selber an.

„Schaust du schon wieder nach jungen Mädls Ausschau, Peter?", schrie Gisela, die links von ihm saß. Er wusste, dass er bei ihr leichtes Spiel gehabt hätte, aber sie war nun wirklich nicht sein Fall, auch bei sexuellem Notstand. Rechts von ihm saß Herbert, der anscheinend lieber in sein Bierglas schielte, als nach anderen Frauen. Jedem das seine, vielleicht war er auch schwul, obwohl er eigentlich nicht den Eindruck machte, dachte sich Englert. Aber auch hier konnte man sich gewaltig täuschen, nicht jeder Homo hatte ein tuntenhaftes Getue. Dann erregte eine andere Dame seine Aufmerksamkeit. Drei Tische vor ihm, direkt an der Tanzfläche, schielte eine rothaarige Dame zu ihm. Sie war in Begleitung einer weiteren jungen Frau, die eine pechschwarze Mähne und eine moccabraune Haut hatte. Zumindest sah es bei der Beleuchtung und den Scheinwerfern so aus. Er schielte immer wieder zu ihr, in der Hoffnung, dass sie ihn auch erblickte. Treffer! Ihre Augen trafen sich, bildete er sich zumindest ein. Er schätzte beide Frauen auf etwa Anfang dreißig, aber das konnte bei gutem Make-up bestimmt auch täuschen. Aber musste er, mit Anfang sechzig nicht überhaupt froh sein, dass ihn eine attraktive Frau noch beäugte? Eine, die seine Tochter sein konnte? Und dann geschah das Unglaubliche: Sie stand auf und lief ... lief auf ihn zu! Er bekam einen Kloß im Hals. Mein Gott, wann hatte ihn das letzte Mal eine Frau angesprochen? Vor dreißig Jahren? Und die wurde seine spätere Ehefrau.

„Hätten Sie Lust mit mir zu tanzen?", strahlte sie ihn an.

„Äh,... ja", erwiderte er, „aber ich bin kein besonders guter Tänzer."

„Das macht nichts, ich auch nicht. Dann wird's bestimmt lustig", grinste sie. Dann liefen sie auf die proppenvolle Tanzfläche, wo sich allerhand Anfänger und Amateurtänzer verrenkten, als ob sie sich für die nächste „Let`s Danze-Staffel" bewerben wollten. „Moviestar" war auch noch zu seiner aktiveren Zeit ein Megahit, der in den 1980er-Jahren, in allen Charts rauf- und runtergespielt wurde.

Er war zwar kein besonders guter Tänzer, aber als er neben sich einen hochgewachsenen Adonis sah, dem jegliches Taktgefühl fremd zu sein schien, kam er sich doch nicht mehr so schlecht vor. Wenigstens kannte er die Foxschritte. Die Blondine, die sich neben dem dunklen Typ mit gequältem Blick fast peinlich und verlassen vorkam, machte nicht gerade einen glücklichen Eindruck. Fast könnte sie seine Tochter sein, zumindest was ihre Statur und Größe anging, nur dass seine Jenny vielleicht fünf Zentimeter kleiner war und auch weniger Oberweite besaß.

„Und, gefällt`s dir hier?", säuselte ihm die rothaarige Lady an seiner Seite ins Ohr. Gott sei Dank, verfiel sie gleich ins duzen, dann war das auch schon geklärt. Erst jetzt wurde ihm klar, dass gut die Hälfte der hier anwesenden Frauen, seine Töchter sein könnten. Er war nun mal über sechzig, dass fiel in einem Tanzlokal natürlich besonders stark ins Auge. Obwohl hier bestimmt schon einige um die siebzig waren. Er musste das Gottverdammte Alter ignorieren.

„Gut, und dir?", antwortete er und sah ihr dabei in die grünen Augen. Ihm fiel ihr nicht ganz aktzentfreies Deutsch sofort auf. Vermutlich kam sie – nahm er mal an – irgendwann in den letzten zwanzig Jahren aus Osteuropa, wahrscheinlich aus Tschechien oder Polen. Sie nickte nur auf seine Frage. „Willst du dich auf einen Drink zu mir setzen?", fragte er. An Englerts Tisch, hatten locker noch ein- oder zwei Personen Platz, auch ihre Freundin, die nicht sonderlich erfreut auf die Tanzfläche starrte. „Übrigens, ich bin der Peter", ergänzte er.

„Jana, angenehm. Warum nicht? Ich geb dann nur meiner Freundin Bescheid, nach dem nächsten Song. Okay?"

„Okay. Nimm sie doch einfach mit an unseren Tisch. Wir haben noch genügend Platz."

„Sie ist heut verdammt schlecht drauf. Ich glaube, sie will eh bald heim. Ich frag sie gleich."

Zwei Songs später saß Englert wieder an seinem Tisch, und erklärte Gisela und Herbert, dass seine neue „Errungenschaft" – eventuell – bald an ihrem Tisch sitzen würde, und verfolgte gespannt die Diskussion zwischen den beiden jungen Frauen. Anscheinend war Janas Freundin, doch nicht so erfreut darüber, dass ihre Freundin die „Fronten" wechseln wollte, warum auch immer. Gisela verfolgte was ganz anderes und stieß Englert auf einmal mit dem Ellenbogen gegen die Rippen. „Schau mal Peter, dem Mädchen gegenüber scheint`s nicht mehr so gut zu gehen." Sie zeigte mit ihren rot lackierten Fingern auf das Pärchen, das ihm schon beim Tanzen aufgefallen war. Die junge Frau wurde während des Tanzens, abrupt von ihrem Begleiter zu ihrem Platz gebracht.

„Wahrscheinlich Kreislaufprobleme", mutmaßte Englert.

„Oder, sie hat sich beim Tanzen übernommen?", meinte Herbert Brunner, der die beiden auch beobachtete.

„Besser, er bringt sie heim ins Bett", meinte Gisela.

Irgendwie kam Englert das Verhalten der jungen Frau merkwürdig vor. Sie wirkte – für ihn – eher wie unter Drogen. Seine Vermutung behielt er aber für sich – und sah jetzt, dass der junge Mann seiner Begleiterin aufhalf und sich

Richtung Ausgang orientierte.

„Anscheinend hat er dich erhört, Gisela", grinste Brunner.

„Scheint so", erwiderte sie.

„Ich werd mal ein wenig frische Luft schnappen", meinte Englert und stand plötzlich auf.

„Du willst sie doch nicht etwa beobachten?", meint Gisela, die die Fürsorge doch maßlos übertrieben fand. „Der junge, gutaussehende Mann an ihrer Seite, hat das bestimmt bestens im Griff."

„Das bezweifele ich nicht, aber ein bisschen frische Luft schadet nicht, es ist hier eh so stickig."

„Und was ist, wenn deine neue Flamme kommt?"

„Sagt ihr, ich komm gleich wieder, ich bin Pippi machen." Dann tat er, als ging er auf die Toilette, machte dann aber einen Bogen und steuerte zum Ausgang. Mittlerweile stand ein „Schrank" von zwei Metern am Türeingang, um die – mittlerweile – großen Menschenmassen (vorwiegend) abzuweisen. Die wenigsten schenkten dem großen, dunkelhaarigen Mann mit seiner „schwächelnden" Begleiterin, große Aufmerksamkeit. Anscheinend kam so etwas häufiger hier vor. Nur Englert hatte – vermutlich aufgrund seiner jahrzehntelangen Polizeiarbeit – ein seltsames Gefühl, als er die beiden sah, wie sie sich zu einem dunklen 3er-BMW bewegten. Mittlerweile hatte der südländisch wirkende Typ das Mädchen auf seine Schulter gehievt, was Englert total erstaunte. Ein ungewöhnlicher Vorgang, normal trägt der Lover seine Liebste doch auf den Armen?, dachte er. Ein guter Grund mehr, die beiden genauer zu beobachten. Er schlich sich geduckt zwischen zwei Auto-Reihen, näher an den BMW heran, dabei zog er sein Samsung-Handy aus der Tasche. Der rechteckige Parkplatz, wurde von vier Laternen, die an allen Ecken standen, gleichmäßig erhellt. Für gute Aufnahmen würde es nicht ausreichen, aber zumindest um das Pärchen, und das Fahrzeug gut genug darauf erkennen zu können. Hoffte er, und drückte mehrfach auf den Auslöser. Plötzlich zuckte er zusammen, als sich eine Hand auf seine Schulter legte.

„Peter, was um Himmels willen, machst du da?", fragte Jana, die plötzlich neben ihm stand.

„Psst", machte er und legte einen Zeigefinger auf seine Lippen. „Duck dich, ich muss noch zwei Bilder von den beiden schießen."

„Warum denn, sind das etwa Verbrecher?", flüsterte Jana, die sich leicht gebückt hatte, und ihn ungläubig anstarrte.

„Ein Mann, der seine „Freundin" wie ein Stück Vieh auf seinen Schultern trägt, und seine „Angebetene", dann wie einen Sack Kartoffeln ins Auto schmeißt, kann doch nicht ganz normal sein, oder?"

Jana nickte zögerlich und sah, wie der Mann dem Mädchen eilig den Gurt anlegte. Dann fuhr der BMW mit kreischenden Reifen davon.

10

Tags darauf in der Wendelstein-Klinik

In der Reha-Klinik herrschte Ratlosigkeit. Tanja Probst war zur alltäglich stattfindenden Besprechung der Therapeuten im Besprechungsraum nicht erschienen. In der - meistens - nur zehn- bis fünzehnminütigen Besprechung, wurden regelmäßig die Abläufe, Neuigkeiten und Intera innerhalb der Klinik besprochen. Tanjas Fehlen wurde sofort bemerkt, weil sie im Kollegenkreis äußerst beliebt war.

„Wir warten noch fünf Minuten, dann beginnen wir mit der Besprechung", sagte ein leicht verärgerter Stefan Vogt. Der Dreißigjährige war seit zwei Jahren der Abteilungsleiter des Physio-Teams. Auch er mochte Tanja, war aber trotzdem etwas missmutig, weil er wusste, dass er eine fehlende Arbeitskraft immer auf andere Kollegen verteilen musste.

„Vielleicht hatte sie einen Unfall oder ihr ist daheim was passiert?", meinte Alexa, die schon öfter mit ihr beim Joggen war.

„Möglich, Alexa. Aber dann müsste es wirklich was schlimmeres sein, dass es ihr nicht ermöglicht, von ihrem Handy aus einen Anruf zu tätigen", erwiderte Vogt.

Es war das erste Mal, dass die 26-Jährige, seit ihrem Beginn vor fast fünf Jahren, in der Klinik fehlte.

Nach weiteren fünf Minuten nahm Vogt den Hörer des Festnetztelefons und wählte ihre Handynummer. Nach einer Minute legte er resigniert auf: „Der Teilnehmer ist zurzeit nicht erreichbar, die Ansage ihres Handy-Providers. Okay, es hat keinen Sinn, wir müssen loslegen. Eure Patienten warten sonst unnötig. In zehn Minuten beginnen eure Programme. Alexa, wenn sie die nächste halbe Stunde nicht auftaucht, übernimmst du mit Kristina ihr heutiges Tagesprogramm. Überlegt, wie ihr das mit eurem Tagesplan vereinbaren könnt, okay? Sagt auf Nachfrage von Patienten nur, dass sie vermutlich erkältet ist. Mittags sehen wir dann weiter."

Vier Stunden später trafen sie sich in der Mitarbeiter-Kantine wieder, von Tanja war nach wie vor nichts zu hören und zu sehen.

„Tja, Kollegen, von Tanja nach wie vor keine Spur. Wir müssen ihre Eltern oder sonst wen, kontaktieren", meinte ein sichtlich frustrierter Stefan Vogt.

„Ich kenn ihre Schwester, sie arbeitet im Edeka-Markt in Kolbermoor. Ich werd sie in fünf Minuten anrufen, vielleicht weiß sie was", erwiderte Alexa.

„Prima. Langsam mach ich mir wirklich Sorgen. Ich werde jetzt gleich die Verwaltungsleitung informieren, vielleicht wissen die mehr, obwohl ich das bezweifle."

Im Team herrschte während des Essens, Friedhofsstille. Eine gedrückte Stimmung breitete sich aus. Jeder wusste, es war nicht Tanjas Art, einfach sang- und klanglos nichts von sich hören zu lassen. Einige ahnten das Schlimmste.

Wenige Minuten später griff Alexa zu ihrem Handy und rief Petra Probst, Tanjas ältere Schwester an. Sie arbeitete als stellvertretende Filialleiterin in einem großen Edeka-Markt in Kolbermoor.

„Probst!"

„Hallo, Petra. Ich bin`s Alexa. Verzeih, wenn ich dich während deiner Arbeitszeit störe, aber ich mach mir Sorgen."

„Sorgen, Alexa? Weshalb denn?"

„Deine kleine Schwester ist nicht zur Arbeit erschienen, absolut unüblich, ohne Entschuldigung von ihr. Weißt du vielleicht mehr?"

„Was? Nicht erschienen? Das ist ja seltsam. Ich hab auch keine Ahnung, warum?", meinte Petra Probst besorgt.

„Kein Anruf, keine Mitteilung, nichts. Auf dem Handy hört man nur ihre Mailbox-Ansage, da kann man auch gar nichts draufsprechen. Was sollen wir machen?"

Petra schnaubte in die Leitung, im Hintergrund waren Kunden im Supermarkt zu hören. Nach kurzer Pause meinte sie: „Wie lange arbeitest du, Alexa?"

„Bis ungefähr siebzehn Uhr."

„Gut, ich hab schon in zwei Stunden Feierabend, wegen meiner Frühschicht. Ich hab einen Zweitschlüssel für Tanjas Wohnung, die kennst du doch auch, oder?"

„Klar."

„Ich warte bis 18 Uhr in Tanjas Wohnung auf dich. Bei uns im Markt ist zurzeit viel los, ich muss jetzt schlussmachen."

11

Um kurz vor halb sechs, läutete Alexa an Tanjas Wohnung und Petra Probst öffnete. Tanja hatte eine sechzig Quadratmeter große Zweizimmerwohnung, am Stadtrand von Bad Aibling. Petra hatte in der linken Hand ein Wurstbrot, und reichte Alexa die rechte. „Hey, Alexa. Komm rein."

Beide kannten sich schon seit vier Jahren, da Tanja häufig beide eingeladen hatte. Oft ohne zwingenden Anlass, einfach nur zum Kaffeeklatsch, gelegentlich auch für diverse Unternehmungen, wie Mountainbike- oder Wandertouren. Alexa zog ihre Windjacke aus, und sie setzten sich auf die Couch im Wohnzimmer.

„Und, hast du schon was gefunden?", fragte Alexa.

„Gefunden? Was gefunden? Eine Spur, meinst du?"

„Ja, klar. Es muss doch irgendeinen Hinweis geben, wo Tanja geblieben ist. Man verschwindet doch nicht einfach so spurlos."

Petra Probst war drei Jahre älter als Tanja, und mindestens zehn Kilo schwerer, bei gleicher Größe. Sie trug einen akkuraten Kurzhaarschnitt und hatte kastanienbraunes Haar. Im Unterschied zu Tanja, war sie eine bekennende Lesbe. Ihre Eltern bekamen diese Entwicklung nicht mehr mit, da sie kurz nach Petras neunzehnten Geburtstag, bei einem tragischen Autounfall, beide ums Leben kamen. Das hatte die beiden Schwestern noch viel mehr zusammengeschweißt.

„Ich weiß nur, wo sie an ihrem freien Tag war, nämlich in

der Therme, da ist sie ja häufig", meinte Petra.

„Vielleicht sollten wir da mal nachfragen? Ich kenn eine der Kassiererinnen, die wohnt bei uns in der Siedlung. Theresa Sonnleitner, heißt sie."

„Wenn du meinst, Alexa. Glaubst du an ein Verbrechen?"

„Das nicht, aber es ist doch extrem sonderbar, wenn sie auf einmal verschwindet, wir müssen doch recherchieren."

„Klar, auf jeden Fall. Rufen wir doch am besten gleich in der Therme an."

„Ich ruf die Sonnleitner auf dem Festnetz an, die wohnt nur zwei Häuser neben mir. Gib mir mal bitte eine Telefonbuch, die Auskunft übers Handy ist mir zu teuer."

Petra kramte in einer Kommode und hatte zwei Minuten später das große Telefonbuch in der Hand. „Ich such`s sofort raus. Theresa Sonnleitner, heißt die gute Frau. In welcher Straße?"

„Augartenweg 17, Großkarolinenfeld. Wahrscheinlich steht sie unter dem Namen ihres Mannes drin, sie hat Familie und drei Kinder."

„Hier, ich hab` s schon: Manfred und Theresa Sonnleiter. Nimm den Hörer, Alexa, ich les dir die Nummer vor."

Eine Minute später hatte Alexa eine kindliche Stimme an der Hörermuschel. „Hey, gib mir mal bitte deine Mami, hier spricht Alexa Stockl."

„Sonnleitner!"

„Hallo, Frau Sonnleitner. Hier spricht Alexa, die Arbeitskollegin von Tanja Probst. Sie kennen mich noch, oder? Ihr Onkel war doch mal bei uns in der Klinik, aufgrund seiner Anschlußheilbehandlung nach seiner Hüftoperation?"

„Ja, stimmt genau. Sie haben aber ein exzellentes Gedächtnis, Alexa."

„Nur deshalb, weil ihr Onkel einer der großzügigsten Patienten in den letzten Jahren war. Noch nie, hat jemand das ganze Physio-Team am letzten Tag seiner Reha, zum Essen eingeladen. Da waren sie doch auch dabei?"

„Ja, klar. War ein schöner Abend. Ihr seid ein sehr fleißiges Team."

„Danke, aber ich ruf aus einem anderen Grund an, Frau Sonnleitner. Wir vermissen Tanja seit gestern, genau gesagt, seit heut Vormittag. Und sie arbeiten doch an der Kasse der Therme, richtig?"

„Korrekt, seit sieben Jahren. Tanja kommt häufig, meistens am Montag. Seit wann wird sie vermisst?"

„Offiziell erst seit unserem Dienstbeginn heute Morgen. War sie allein in der Therme?"

„Sie kam allein, aber sie verließ mit einem knackigen Typ das Bad. Und ich weiß auch, wo sie gestern Abend war!"

Alexa und Petra trauten ihren Ohren nicht. Hatte etwa ein Gigolo, Tanja verführt?

„Woher wissen Sie das, Frau Sonnleitner? Hat sie Ihnen das an der Kasse erzählt?"

„Nein, sie machte sich schnell mit dem Typen aus dem Staub. Aber ich hab sie gestern abends nochmal gesichtet.

Wir gehen doch alle vierzehn Tage zum Italiener, mit unserem Kneipp-Verein."

„Und da war sie mit dem Typ?"

„Ja, ich dachte, ich seh nicht richtig. Der Bursche sah aber auch verdammt gut aus. Beneidenswert bei welchen Männern sie immer Chancen hat. Sie hat mir auch erzählt - kurz bevor wir aufbrachen - wohin sie mit ihm noch gehen will."

„Und, wohin? Zu ihm?"

„Nein, zum Tanzen."

„Wohin?"

„Na, wo schon? Da, wo immer am Mittwoch Oldie-Abend ist."

„Ins Tanzcafe Hubertus?"

„Sie hat den Namen nicht genannt, aber ich nehm`s mal an. Sonst ist doch unter der Woche, nirgends was los bei uns."

„Stimmt, Frau Sonnleitner. Sie haben mir sehr geholfen. Vielen Dank." Dann legte sie auf.

Petra Probst hatte alles mitgehört. „Also, Alexa. Dann weißt du ja, wo ich in zwei Stunden bin, da macht der Schuppen nämlich wieder auf."

„Ich begleite dich, Petra. Mir liegt auch viel an Tanja. Und über das Lokal, erzähl ich dir auch noch einiges. Das genießt nämlich seit geraumer Zeit, keinen guten Ruf mehr.

„Jetzt fällt mir noch was ein, Petra."

„Was?"

Erinnerst du dich, an die Geschichte von der Jessica Stockmann, meiner Arbeitskollegin?"

„Vage, nur kurz von einer Schilderung bei dir, als wir mal im Sommer nach Kufstein fuhren."

„Sie erzählte uns damals von ihrer Cousine, die mit ihrem Freund, ein paar Tage in den Allgäuer Alpen verbrachte. Dann verschwand ihre Cousine bei dieser Tour auf einmal spurlos, an einem Bergsee. Bis heute ist sie nicht wieder aufgetaucht."

„Du glaubst an einen Zusammenhang mit Tanja?"

„Warum nicht? Wäre doch möglich, oder? Wir werden uns mal eingehender mit ihr unterhalten, dann erfahren wir bestimmt mehr. Womöglich sollten wir sie mit ins Boot nehmen, falls wir auf eigene Faust ermitteln."

„Du willst doch nicht etwa Detektiv spielen, oder?"

„Warten wir die Entwicklung in den nächsten Tagen mal ab. Wenn die Polizei nichts auf die Reihe bringt, weiß ich auch schon, wie wir die Sache weiter angehen, mit männlicher Unterstützung natürlich."

„Das hört sich ja ganz schön verwegen an, Alexa."

„Sicher, aber willst du, dass deine Schwester womöglich auf Nimmerwiedersehen verschwindet?"

12

Freitagnachmittag, Hotel Kindl

Peter Englert lag mit dem „Rosenheimer Anzeiger" in der Hand, auf der Terrasse des Hotels, in seinem Liegestuhl. Es war zwar leicht bewölkt, aber mild mit 22 Grad. Nach der Bekanntschaft mit Jana, war er bestens gelaunt, zumal ihre „Liaison" sich am Mittwochnacht, in seinem Hotelbett fortsetzte, trotz des merkwürdigen Vorfalls im Tanzlokal. Zum ersten Mal seit über fünf Jahren, hatte er wieder Sex gehabt, seit dem Tod seiner Frau. Und die war seit genau viereinhalb Jahren tot. Zuvor lief aufgrund ihrer Krebserkrankung, auch schon viele Monate nichts mehr. Dann erfuhr er mehr über seine neue Liebschaft: Jana war – wie er vermutet hatte – in der Tschechei geboren, und war vor 21 Jahren mit ihren Eltern nach Deutschland gekommen. Sie war Ende dreißig und bereits einmal verheiratet. Sie wohnte mit ihren Eltern in der Nähe von Erfurt, und lernte dort, ihren damaligen Mann kennen und lieben. Als die Ehe scheiterte – sie wollte noch nicht erzählen, warum – zog sie kurzentschlossen nach Bayern, zumal sie in Thüringen auch noch ihren Arbeitsplatz verlor. Sie war gelernte Arzthelferin und bekam in Bad Aibling einen Job – in Teilzeit – als Verwaltungsangestellte. Nebenbei machte sie eine Ausbildung als Ergotherapeutin, und wurde vier Jahre später, auch bei manchen Therapiestunden in der Wendelsteinklinik – ihrem Arbeitgeber – eingesetzt. Seitdem – so erzählte sie – arbeitete sie abwechselnd, sowohl am Empfang, als auch als Therapeutin, je nach Bedarf in der Reha-Klinik. Die Klinik wurde finanziert durch die deutsche Rentenversicherung, vorwiegend um Gelenkgeschädigte Personen, wieder ins Berufsleben zu integrieren. Bei manchen um eine Operation zu vermeiden, bei den anderen als Anschlußheilbehandlung nach der OP.

Wie von ihr angekündigt, stand sie kurz nach 16 Uhr vor seinem Liegestuhl. Sie beugte sich zu ihm hinunter, und gab ihm einen Kuss auf seinen trockenen Mund.

„Hey, mein Lieber.", sagte sie, tätschelte seinen Bauch, und setzte sich auf seine Liege. Sie trug ein geblümtes Kleid, und hatte ihr langes, rotes Haar hochgesteckt. Ihre gebräunten, schlanken Beine steckten in flachen Sandalen.

„Hallo, Jana. Wie ich sehe, bist du pünktlich aus der Klinik rausgekommen. War viel los?"

„Es ist bei uns immer viel los, die Klinik ist ganzjährig ausgebucht. Ich glaube, es gibt so viele Rehapatienten, wie nie zuvor. Anscheinend werden die Leute immer kränker."

„Das sieht man an mir, ich bin ja auch auf Kur. Allerdings zahl ich alles selber. Von der Beihilfe, bekomm ich nur einen kleinen Zuschuss. Warte, ich hol dir einen zweiten Liegestuhl." Er stand auf und stellte eine zweite Liege neben seine. Sie stellte ihre Tasche ins Gras und legte sich drauf.

„Im Vergleich zur Kur, wird die Reha fast komplett bezahlt. Deshalb sind die Reha-Kliniken auch alle so voll im ganzen Land. Sie dient ja vorwiegend dazu, die Leute wieder fit zur Arbeit zu schicken, meistens nach 3- bis 5 Wochen. Reha statt Rente, ist der Lieblingssatz unserer Rentenversicherung", klärte sie ihn auf.

„Aha, verstehe, Jana. Aber ich werde nach meiner Kur, bestimmt nicht wieder in den Polizeidienst zurückgehen. Ich stand sowieso schon unmittelbar vor meiner Pensionierung. Ich werde, sozusagen, Privatier."

„Dann hast du ja endlich Zeit, Peter, für all die schönen Dinge des Lebens, zum Beispiel; Urlaub und Frauen", erwiderte sie lächelnd und holte eine Sonnenbrille aus ihrer Tasche. Die Sonne drängte immer stärker durch die Schleierbewölkung und es wurde noch wärmer. „Übrigens, Peter. Die blonde, junge Frau aus dem Tanzlokal, wird jetzt offiziell vermisst."

„Woher weißt du das? In der Zeitung heute, stand nichts davon. Erstaunlicherweise."

„Wahrscheinlich wartet die Polizei noch mit einer Veröffentlichung. Es sind schließlich erst anderthalb Tage her, wenn man es genau nimmt. Diese Tanja Probst – so heißt sie – , ist als Physiotherpeutin in unserer Klinik tätig."

„Was?", rief er erstaunt und blickte sie an. „Da kanntest du sie ja? Dass du sie dann an dem Abend, nicht angesprochen hast?"

„Ich kenne sie nur flüchtig, ich hab mit den Therapeuten ja nur selten direkt was zu tun. Ich hab ihr zugenickt, von unserem Tisch aus. Erst als ich ihr Foto an der Klinik-Pinwand – wo alle Therapeuten mit ihren Portrait-Bildern hängen – wieder sah, wurde es mir erst richtig bewusst. Wir haben ja über zweihundert Angestellte, die meisten, die ich besser kenne, arbeiten in der Verwaltung."

„Ach so, und wurde über diese Frau bei euch gesprochen?"

„Dass sie nicht an ihrem Arbeitsplatz auftauchte, sickerte erst langsam am späteren Nachmittag durch. Die Therapeuten haben wahrscheinlich eine Anweisung erhalten, es nicht voreilig hinauszuposaunen. Schließlich tauchen – was ich mal gelesen habe – mindestens 95 Prozent, der als Vermisst gemeldeten Personen, innerhalb der ersten achtundvierzig Stunden wieder auf. Aber, das müsstest du doch als ehemaliger Polizist, ja noch viel besser wissen, oder?"

„Ja, stimmt. An dir ist wirklich eine Polizistin verloren gegangen. Trotzdem, der Verlauf mit dem Paar am Parkplatz, war schon äußerst seltsam. Hast du das in der Klinik jemandem erzählt?"

„Nein, hat ja keiner gefragt, und die Polizei war ja noch gar nicht bei uns. Wart`s mal ab, wenn die Tanja bis zum Sonntag nicht auftaucht, werden die sich schon noch mit einem Aufruf an die Bevölkerung wenden, dass ist doch meistens so. Oder, es steht riesig in der Zeitung."

„Wurde sie denn auch als „Vermisste" bei der Polizei angezeigt?"

„Alles bekomme ich, nun auch nicht wieder mit. Aber, was ich gehört habe, macht das der Leiter der Physio-Abteilung, der wird schon alles Notwendige in die Wege geleitet haben."

„Wir sollten auch zur Polizei, Jana."

Sie sah ihn ernst an und schüttelte den Kopf: „Warum?"

Er sah sie entgeistert an: „Da fragst du allen Ernstes? Wir sind schließlich Zeugen dieses Vorfalls beim „Hubertus" gewesen! Es wäre unsere Pflicht, das zu melden. Womöglich handelt es sich um eine Entführung, das war doch kein Kavaliersdelikt."

„Aber ich hab den Typ doch gar nicht richtig gesehen, ich weiß nur, dass er sehr groß und dunkelhaarig war."

„Das reicht, besser als nichts."

„Du bist doch der Polizist und hast Bilder gemacht? Wie sind die denn geworden?"

„Mäßig, es war sehr dunkel und diese Handys machen bei Dunkelheit wirklich beschissene Bilder. Aber vielleicht kann man sie noch bearbeiten und verbessern. Eines ist total verwackelt, als du mich an der Schulter berührt hast."

„Ach, jetzt bin also ich noch schuld?"

Seine Hand nahm die ihrige und drückte sie. „Sorry, so hab ich`s nicht gemeint, Jana. Verzeih."

„Schon gut, es schimmert halt stark der Polizist in dir durch. Hauptsache, du beginnst nicht noch zu ermitteln. Ich mach dir einen Vorschlag, Peter: wir warten bis morgen ab, ob die Tanja nicht doch noch auftaucht. Und falls nicht, gehen wir morgen Nachmittag zur Polizei. Einverstanden?"

„Prima Idee. Machen wir heut Abend was zusammen?"

„Geht leider nicht, ich bekomm Besuch von einer Freundin aus Erfurt, meiner früheren Heimat. Und morgen hab ich am Empfang der Klinik Dienst, von acht bis circa zwölf Uhr, meistens wird's eine halbe Stunde später. Also, wenn wir uns für morgen verabreden sollten – und eventuell zur Polizei gehen – , bitte nicht vor dreizehn Uhr. Ich will nach der Arbeit noch duschen und andere Klamotten anziehen."

„Okay, und was machen wir jetzt? Das Essen gibt's erst ab halb sieben bei uns, wir hätten noch zwei Stunden Zeit."

„Lass uns ein wenig spazierengehen. Ich kenn einen schönen Weg zur Stadt runter."

„Gut, dann lass uns gehen. Ich lieg schon viel zu lange hier faul rum. Sonst tauchen noch Gisela und Herbert auf, dann kriegen wir sie nicht mehr los."

Sie standen auf, kleideten sich an und liefen dann Hand in Hand in ein bewaldetes Gebiet, das durch einen schönen Park zur Altstadt runterführte. Das Kurhotel Kindl lag am Stadtrandende und war etwas höher gelegen, als der Innenstadtbereich. Mehrere Hotelgäste kamen ihnen grinsend entgegen, als sie Englert mit der rassigen Dame neben sich sahen. Gut, dass er nicht Gedankenlesen konnte. Zwanzig Minuten später war das Waldstück zu Ende, und sie liefen durch eine Gasse, um zum Marienplatz zu gelangen. Auf der Hauptstrasse, die genau durch die Stadt führte, herrschte starkes Verkehrsaufkommen.

„Lass uns gegenüber, kurz in den Drogeriemarkt gehen, Peter. Ich brauch noch eine Creme und ein Shampoo."

„Klar, wir haben ja Zeit."

Sie warteten an der Fußgänger-Ampel und schlenderten gemütlich bei Grün los, um die Straße zu überqueren. Als sie noch nicht einmal in der Mitte der Strasse waren, schreckten sie auf, als wie aus dem Nichts, plötzlich ein dunkler BMW auf sie zuschoss. Jana blieb wie gelähmt stehen, als sie das Quietschen der Reifen hörte. Nur Englert erkannte die Bedrohung, riss sie in Sekundenbruchteilen an sich, und warf sich mit ihr auf den Boden. Beide kugelten entlang des harten Asphalts, und der BMW raste wenige Zentimeter an ihren Körpern vorbei. Ein von der anderen Seite kommender älterer Radler, wurde vom Kotflügel des Wagens erfasst und stürzte mit seinem Fahrrad zu Boden. Ein anderer Fußgänger, mit einer Einkaufstüte in der Hand, konnte sich nur noch durch einen blitzschnellen Sprung zur Seite retten. Er schrie beim Aufprall auf, und der Inhalt seiner Tüte – Lebensmittel und Getränke – zerschepperten krachend auf der Strasse.

Alles dauerte nur wenige Sekunden, und die Schreie mehrerer Passanten gellten durch die Innenstadt. Ein blauer VW Golf, der langsam auf der anderen Straßenseite zur Ampel fuhr, musste abrupt nach rechts scheren und kam dabei auf den Fußgängerweg, wo ein junges Mädchen reflexartig noch zur Seite ausweichen konnte. Der BMW setzte seine Amok-Fahrt fort, und jagte mit mörderischem Tempo Stadtauswärts, bis er nicht mehr zu sehen war.

Englert rappelte sich mühsam auf und sah mit Erleichterung, dass Jana – Gott sei Dank – nichts Schlimmeres passiert war. Ihre flackernden Augen starrten schockiert in sein Gesicht. Der Radler lag wie tot auf der Straße.

13

Tanja Probst schlug die Augen auf. Ihr Schädel hämmerte, als wäre ein Bohrer in ihrem Hirn, der sich mühsam einen Weg durch ihre Schläfe suchte. Schemenhaft sah sie die

Konturen eines Zimmers. Verdammt, wo lag sie, das war doch nicht ihr Bett und Zimmer? Ihr Blick klarte sich ganz langsam, dann kamen immer mehr ihre Erinnerungen zurück: Tanzcafe Hubertus, Tanzfläche, Schwindel, Musik… und Pascal? Wo war der Typ? Lag sie in seiner Wohnung? Hatte er sich an ihr ver…? Hatte sie im Rausch nicht mehr mitbekommen, was geschah? Sie hob ihren Kopf und sah sich um. Sofort erfasste sie Schwindel und Übelkeit, der zu einem starken Brechreiz führte. Verdammt, sie wollte jetzt nicht kotzen. Mühsam richtete sie sich auf. Sie sah ein einfaches und zweckmäßig eingerichtetes Apartment, vielleicht um die vierzig Quadratmeter groß. Der Raum hatte eine spartanische Einrichtung; ein anderthalb Meter breites Bett, einen Tisch mit drei Stühlen, ein Sideboard, einen zweitürigen Schrank, eine kleine Spüle und zwei Türen. Wahrscheinlich führte eine davon ins Bad oder auf die Toilette, die andere bestimmt zum Ausgang. Drei Meter links vom Bett, befand sich ein Doppelfenster, erstaunlicherweise vergittert. Vergittert? Warum? War sie hier etwa gefangen? Erst jetzt fiel ihr auf, dass sie Klamotten trug, die unmöglich von ihr stammen konnten: graue Jogginghose, schwarzes T-Shirt, und am Boden liegende, weiße Badeschlappen. Sie befühlte das T-Shirt, es roch wie frisch gewaschen. Sie griff darunter, ihr BH war weg! Ihre schweren Brüste schaukelten als sie aufstand. Sie lief an der Wand entlang und stützte sich ab, damit sie nicht hinfiel. Sie musste was trinken gegen den Schwindel, womöglich hatte sie Kreislaufprobleme. Auf der Spüle des Waschbeckens stand ein weißer Pappbecher, in den sie kaltes Wasser laufen ließ. Gierig trank sie zwei Becher hintereinander. Langsam wurde ihr Zustand besser. Der Schwindel legte sich und die

Kopfschmerzen nahmen etwas ab. Langsam bewegte sie sich zu der Tür an der linken Wandseite und öffnete sie. Wie vermutet: eine Dusche und eine Toilettenschüssel. Erst jetzt nahm sie ihren Harndrang wahr, sie musste sich sofort erleichtern. Sie zog die Jogginghose zu den Knien runter. Verdammte Kacke, auch ihr Slip war weg! Wer hatte sie aus- und angezogen? Wurde sie womöglich vergewaltigt? Bevor sie sich auf die Klobrille saß, tastete sie mit ihren Händen ihre Scheide ab. Sie konnte nichts Auffälliges ertasten oder spüren; Schamlippen, Scheidenöffnung, alles wirkte völlig normal. Nichts juckte, brannte oder schmerzte. Gott sei Dank, sie wurde wenigstens nicht missbraucht. Warum zum Teufel, war sie dann hier? Eine Entführung? Lösegeld-Forderung? Alles lächerlich, es musste einen anderen Grund geben. Sie setzte sich auf die Brille und ließ es laufen. Nachdem sie fertig war, ging sie zum Schrank, öffnete ihn und sah hinein. Sie stutzte bei dem Anblick, der sich ihr bot: weibliche Bekleidung und Schuhe, das konnte sie sofort erkennen, aber diese Teile waren nicht ganz „normal": die Kostüme, Pumps und die ganze Wäsche wirkten, wie...aus einem Erotik-Shop! Dann fiel es ihr wie Schuppen aus den Haaren: Sie war im Zimmer einer Nutte oder sonst was ähnliches aus dem Erotik-Miliieu! Alles deutete unverkennbar darauf hin. Auf dem Schrankboden lagen noch weitere – für sie noch nie gesehene – Dinge, wie eine Maske, eine Packung Kondome, Stiefel, und ein Korsett aus Lack und Leder. Dazu noch neckische Spielereien, wie einen Dildo, Perlen und freizügiges Outfit. Catsuits, BH`s und Slips mit Löchern an gewissen Stellen. Auch ihre Bekleidung aus dem Tanzcafe endeckte sie, zusammengeknüllt in einer Schublade, allerdings ohne ihren Slip, BH und Schuhe. Sie musste sich schleunigst anziehen und dann aus dem verdammten Zimmer fliehen. Aber war die Tür überhaupt geöffnet? Dann zuckte sie auf einmal zusammen. Laute vor der Eingangstür? Stimmengewirr! Gab es hier in dem beschissenen Apartment eine Waffe? Erst jetzt fiel ihr auf, dass es keine richtige Küche mit Geschirr gab, nur diese kleine Anrichte mit der Spüle. Was konnte sie als Waffe benutzen? Kein Messer oder Gabel war zu sehen. Gab es vielleicht eine Schere? Sie stürmte ins Bad, aber weder eine Nagelfeile noch eine Schere waren zu entdecken, nur zwei Zahnbürsten und eine Zahnpasta. Einen Dildo aus dem Schrank als Waffe? Unsinn, der war zu weich als Schlagwaffe. Dann wurde ein Schlüssel ins Schloss gesteckt und sie hielt den Atem an. Das Schloß knackte und die Tür wurde nach innen geöffnet. Zitternd richtete sie ihre Augen auf die eintretenden Personen.

14

Polizeidienststelle Bad Aibling, Freitagabend

In der kleinen Polizeidienststelle in Bad Aibling herrschte Betroffenheit. Peter Englert und Jana Suker saßen vor dem Dienststellenleiter Heinz Oberberger. Sie hatten Glück im Unglück gehabt. Beiden kamen mit Prellungen und Hautabschürfungen davon, nur bei Peter Englert kam noch eine leichte Bänderdehnung hinzu, weil er bei dem Rettungsversuch, unglücklich mit dem rechten Fuß umgeknickt war. Jana legte ihm unmittelbar nach dem Vorfall einen Verband an, den ihr der eintreffende Notarzt mit einer Tube Voltaren in die Hand gedrückt hatte, damit er sich sofort um den schwerverletzten Radler kümmern konnte. Jana erklärte beim Anlegen der Binde, den eintreffenden Sanitätern, dass sie selber ärztlich ausgebildet war, wenn auch „nur" als Arzthelferin eines Hausarztes in Erfurt. Aber für Bänderdehnungen und solche Kleinigkeiten – wie bei Englert – reichte es allemal. Der Fußgänger – ein junger Kerl mit Anfang zwanzig – kam auch glimpflich davon: er hatte nur einen blauen Fleck am Oberarm und eine Schürfwunde am Handgelenk. Er sammelte sofort den Inhalt seiner Tüte – vorwiegend zerplatzte Kunsstoffpackungen und verbeulte Dosen – von der Straße auf. Die dicke Rettungsassistentin versprühte eifrig Desinfektionsmittel, und verteilte Pflaster sowie Getränke an alle Betroffenen. Der touchierte Radler kam nicht so gut davon: er hatte einen Schlüsselbeinbruch, trotz Helm eine schwere Gehirnerschütterung, und – vermutlich – eine gebrochene Hand, da sie seltsam verrenkt war nach dem Aufprall. Konkreteres würde aber erst eine weitere Untersuchung und Röntgenaufnahme im Aiblinger Krankenhaus ergeben. Er wurde sofort nach der ärztlichen Behandlung mit Blaulicht in das städtische Krankenhaus gefahren.

„Und Sie glauben im Ernst, das war ein Anschlag auf sie beide, Herr Englert?", fragte der glatzköpfige Oberberger, zwei Stunden danach auf der Dienstelle. Er war Ende vierzig, und seit fünf Jahren Leiter der Polizeiinspektion Bad Aibling. Auf Wunsch von Jana, waren sie zuerst in ein Cafe gegangen, um den Schock zu verdauen- danach gingen sie erst aufs

Poizeirevier. Der verständnisvolle Verkehrspolizist der den Vorgang aufnahm, gestattete es ihnen.

„Sicher, was glauben Sie denn? Meinen Sie etwa, das war Zufall oder der Fahrer hatte einen schlechten Tag?"

„Vielleicht stand er unter Drogen?"

„Quatsch, das war eine kontrollierte Aktion. Oder, was meinst du, Jana?" Seine Partnerin sah nur konsterniert an die Wand. Wahrscheinlich hatte sie einen leichten Schock, obwohl sie im Cafe zuvor, ziemlich gefasst gewirkt hatte. Er musste sie trotzdem später überreden, morgen einen Arzt zu konsultieren. Ihre Blessuren wurden gar nicht richtig begutachtet, vermutete er, weil sie sofort „alles okay" sagte.

„Ich weiß nicht…, vielleicht", stammelte sie.

Oberberger kratzte sich an seiner Glatze, die mit Flecken übersät war. Bestimmt lag er im Sommer zu viel an der Sonne oder zog nur selten seine Mütze auf. „Und Sie vermuten einen Zusammenhang mit dem Vorfall im Tanzlokal, von dem Sie erzählt haben?"

„Bestimmt, wahrscheinlich hat er noch einen Komplizen. Jedenfalls war`s auch wieder ein dunkler 3erBMW, ich konnte mir nur nicht das Kennzeichen merken, weil es so schnell ging."

„Jetzt mal kein Grund zur Panik, Herr Englert. Sie und Ihre Begleitung kamen ja noch glimpflich davon, wir werden den Kerl bestimmt bald schn..."

„Chef!". Die Tür ging ruckartig auf und ein junger Polizist, höchstens Mitte zwanzig, kam mit rotem Kopf herein. „Wir haben einen dunkelblauen BMW entdeckt, der in einem Sparladen abgestellt wurde, kurz nach der Landes-Grenze. Einer der Zeugen des Vorfalls, hatte sich das Kennzeichen notiert, es ist definitiv das gesuchte Fahrzeug."

„Na, sehen Sie, Herr Englert", meinte Oberberger lächelnd, „wie schnell das bei uns geht. Wo habt ihr das Fahrzeug genau entdeckt, Riefler?"

„Wir haben die Fahndung auch auf Österreich ausgeweitet, und die Kollegen dort um Unterstützung gebeten. Das Fahrzeug wurde sichergestellt auf einem Eurospar-Parkplatz am Stadtrand von Kufstein. Wir überprüfen gerade, auf wenn das Fahrzeug zugelassen wurde. Vom Fahrer weit und breit keine Spur. Eine Zivilstreife der Österreicher hat den Parkplatz noch zwei Stunden beobachtet, bevor das Fahrzeug dann abgeschleppt wurde."

„Super, Riefler. Wenn`s was Neues gibt, tanzen Sie wieder an." Riefler nickte und verschwand.

„Sehen Sie, es läuft, Herr Englert. Nur noch eine Frage der Zeit, bis wir den Kerl haben. Schätze, maximal in achtundvierzig Stunden, sofern er sich noch in der Region aufhält."

„Und was passiert mit meiner Speicherkarte, die ich Ihnen gab?" Englert hatte ihm zu Beginn des „Verhörs" eine Mini-SD in die Hand gedrückt, mit dem Verweis auf seine aufgenommenen Bilder von Mittwochnacht.

„Was wohl? Die werden an die Kollegen der Kriminalpolizei weitergeleitet. Die vom Erkennungsdienst werden die Bilder aufpolieren und vergrößern. Dann wird der Kerl bestimmt zur Fahndung ausgeschrieben. Keine Sorge, wir kriegen hier alles in den Griff. Unsere Aufklärungsqoute liegt bei über 80 Prozent." Zufrieden kratzte er sich, diesmal an seinem Bauch, dessen Speck über der Gürtelschnalle hing.

Englert räusperte sich und fragte: „Ist das der erste Entführungsfall hier?"

„Also, Vermisste gibt es immer wieder mal, wie überall in der Republik, aber die meisten tauchen kurz nach einer Anzeige wieder auf. Laut Statistik, etwa 97 Prozent. Und manche Kids und Jugendliche, die reißen einfach aus, weil sie keinen Bock mehr auf Schule oder Elternhaus haben. Wenn ihnen dann, das – zumeist – geklaute Geld ausgeht, kommen sie brav wieder zurück, bevor die Kollegen im Ausland eingeschaltet werden. Allerdings muss man fairerweise sagen, dass die paar wenigen Prozent – in der Regel – , nie mehr auftauchen."

„Ein Gast aus dem Hotel, wo ich übernachte, erwähnte vor drei Tagen, es wurde eine Leiche im Simssee gefunden?"

Oberberger sah Englert mürrisch an. „Also, mein lieber Ex-Kollege", antwortete er spöttisch, „Sie tun ja grad so, als sind Sie hier der leitende Ermittler. Ich kenne den Fall, aber den bearbeitet die Kripo in Rosenheim. Wenn Sie mehr wissen wollen, müssen Sie die kontaktieren, die erzählen so einem kleinen, uniformierten Polizisten wie mir hier, auch nicht alles. Im Übrigen; wenn hier einer Fragen stellt, bin`s ich! Ich würde vorschlagen, Sie entspannen sich jetzt mit ihrer Begleiterin und erholen sich gut. Und passen Sie gut auf sich auf, Herr Englert. Die Welt wird immer gefährlicher, leider auch bei uns im Chiemgau. Auf Wiedersehen!"

15

Tina zog sich instinktiv Richtung Bett zurück, als die Tür sich öffnete. Zwei Männer betraten das Zimmer, die sie finster anstarrten. Der Erste war ein baumlanger Typ mit kurzrasiertem Schädel und Stiernacken, der Zweite einen halben Kopf kleiner, übersät mit Tätowierungen und halblangen schwarzen Jahren. Beide wirkten wie typische Osteuropäer, dachte sich Tanja, bevor einer von beiden irgendetwas zu ihr sagte. Sie stellten sich zwei Meter vor ihr bedrohlich auf, und stierten sie an wie eine Zirkussensation.

„Wer seid ihr? Was wollt ihr von mir? Wo bin ich hier?", fragte sie mit zitterndem Körper.

„Du bist hier, Fotze, weil du für uns arbeiten wirst", erwiderte der fast zwei Meter große Hüne. Er trug eine verwaschene Jeans und ein schwarzes Muskelshirt, wie ein Bodybuilder im Fitnessstudio. Am rechten Ohr trug er einen Ring. Er sprach gutes Deutsch mit leichtem Akzent.

„Warum gerade ich? Wo sind wir hier?"

„Weil du geil bist, Tussi", meinte der Kleinere. „Du siehst gut aus, hast große Titten und bist jung, also ideal für unser Etablissement."

„Etablissement? Ihr meint wohl Puff?"

„Wenn du es so nennen willst. Es ist eher ein Nightclub mit Animation, kein schäbiges Bordell."

„Wo ist Pascal? Hat er mich hierher gebracht?"

Beide sahen sich belustigt an. „Korrekt, Fotze. Der liebe Pascal ist einer unserer „Wilderer", er kriegt Kopfgeld für scharfe Bräute. Für dich bekommt er bestimmt zweitausend Euro. Das heißt, das musst du erst wieder „reinspielen", bis du Gewinn abwirfst. Deshalb solltest du dich mit den Gegebenheiten schnell abfinden, sonst geht`s dir hier sehr dreckig."

„Was soll ich hier machen? Wo befinden wir uns?"

„Ganz einfach", meinte der Hüne, „du wirst als Animierdame hinter der Bar arbeiten, und wenn ein Kunde dich bumsen will, gehst du mit ihm in die Kiste, so einfach ist das."

Tanja`s Herz hämmerte wie wild und ihr Blutdruck stieg, sodass sie wieder einen stärkeren Schwindel spürte: „Und wenn ich mich weigere?"

Der Kleinere kratzte sich am Sack und erwiderte: „ Du wirst in wenigen Stunden starke Entzugserscheinungen spüren, sodass du dringend eine Spritze brauchst. Nimmst du keine, wirst du durchdrehen und mit dem Kopf gegen die Wand hämmern und schreien wie eine Irre."

Tanja begann zu zittern: „Was habt ihr Schweine mir in den Körper gespritzt?"

„Eine Designerdroge, die bald ganz Europa überschwemmen wird", antwortete der Hüne. „Chrystal Meth. Wenn du sie nicht regelmäßig nimmst, werden dein schöner Body und dein Hirn zerfallen. Das möchtest du doch nicht, oder?" Der Hüne lachte gehässig und Tanja sah seine schlechten, braungefärbten Zähne, die einige Lücken aufwiesen. Wahrscheinlich war der Typ von der Droge auch schon befallen. Für Tina brach eine Welt zusammen, sie war in die Fänge brutaler Zuhälter geraten. Ihre Augen wurden feucht als sie fragte: „Wo sind wir hier? In welcher Stadt? Bitte sagt es mir."

Die beiden sahen sich an, bevor der Hüne erwiderte: „In der schönsten Stadt Europas, Prag!"

Tanja zuckte zusammen. „Was, Prag? Mein Gott, was soll das denn? Hat Pascal mich hierher gebracht?"

„So sieht`s aus, Mädchen. Aber genug mit dem Gequatsche, zieh dich aus!", knurrte der Hüne und fingerte an seiner Gürtelschnalle.

Tanja`s Zittern wurde stärker. „Warum? Was habt ihr vor?"

Der Kleinere trat auf sie zu. Bevor sie reagieren konnte, schlug er ihr blitzschnell mit der flachen Hand ins Gesicht. Ihr Kopf schnellte zur Seite und eine Träne kullerte über ihre gerötete Wange. „Ausziehen! Sonst schlägt das nächste Mal meine Faust in dein Gesicht und wir schieben dir eine Gurke in deine Möse."

Tanja`s Tränenstrom lief jetzt ungebrochen und sie schluchzte laut auf. Aber wenn sie sich weiter weigern würde, bekäme sie wahrscheinlich eine Tracht Prügel. Sie stand auf und zog sich ihr T-Shirt aus. Ihre Brüste baumelten und sie verschränkte ihre Arme davor. „Hose runter", befahl der Hüne und zog seine Jeans aus. Tanja sah seine gewaltige Erregung, obwohl er noch den Slip an hatte. Sein steifer Schwanz sprengte fast seine Unterhose. Sie zog ihre Hose runter und bedeckte ihre stark behaarte Scham mit der linken Hand, während sie mit der Rechten versuchte, ihre beiden Brüste zu bedecken. Der Hüne zog seinen Slip aus, und sein riesiger Penis war auf sie gerichtet wie ein Schwert. Dann ging alles rasend schnell: Der Hüne packte ihre Handgelenke und der Kleinere ihre Beine. Dann hoben sie sie hoch und schmissen sie aufs Bett. Verzweifelt wand sie sich und versuchte zu strampeln. Aber sie war viel zu geschwächt, und ihre verzweifelten Bemühungen erstarben nach weniger Sekunden. Sie drehten Tanja auf den Bauch, danach packte der Kleinere ihren Haarschopf, während der Hüne ihre Beine auseinanderzog und sich über sie kniete. Tanja wimmerte nur noch, bis der Hüne mit brachialer Gewalt von hinten in ihre Scheide eindrang. Sie schrie laut auf, als er sich wie wild in sie reinzubohren schien. Ihre trockene Scheide spürte jeden Zentimeter seines gewaltigen Schwanzes, der sich wie ein Reibeisen in ihren Körper reinschob. Als er nach wenigen Stößen - Gott sei Dank - kam, spürte sie nicht mehr, wie ein Gemisch aus Blut und Sperma aus ihrer Scheide quillte. Sie wurde besinnungslos vor Schmerz und Schock. Der Hüne zog seinen erschlafften Penis heraus, und verschmierte mit seiner Eichel die letzten Tropfen Sperma auf ihrem Hintern. Grinsend meinte er: „Enge Fotzen sind bei unseren Gästen besonders beliebt!"

Tanja hörte nichts mehr. Ihr Glück, denn der andere Mann fiel über sie her.

16

Samstagnachmittag, Bad Aibling

Einen Tag nach dem Besuch im Polizeipräsidium, hatten Englert und Jana Suker beschlossen, einen kleinen Abstecher nach Rosenheim zu machen, der größten Stadt im oberbayerischen Chiemgau. Die letzte Nacht hatten sie nicht miteinander verbracht. Jana meinte, für Englert wäre Erholung jetzt wesentlich wichtiger als anstrengender Sex. Er akzeptierte das grinsend, schließlich war er ja auch nicht mehr so potent wie noch vor dreißig Jahren, eine kleine Pause konnte seinem „besten Freund" bestimmt nicht schaden.

Um 14 Uhr fuhren sie mit Janas Golf los. Die Entfernung von Bad Aibling nach Rosenheim betrug nur sechs Kilometer, problematischer war es anschließend in der City einen Parkplatz zu finden. Im zweiten Parkhaus hatten sie im obersten Deck endlich Erfolg. Die Temperaturen erreichten wieder angenehme zwanzig Grad, und am Himmel gab es einen Sonne-Wolken-Mix.

„Anscheinend sind alle zum Bummeln und Shoppen hierher", meinte Jana, die wieder gut erholt erschien von dem gestrigen Vorfall. Sie hängte sich bei Englert ein, als sie das Parkhaus unweit des Stadtparks verließen. Ihre Laune war durch einen blauen Fleck am Ellbogen, und den arroganten Polizeichef, nicht im Geringsten beeinträchtigt worden.

„Gut, dass dir der fette Glatzkopf nicht die Laune verdorben hat", meinte er, als sie die Fußgängerzone betraten. Sie erwiderte nichts, sondern drückte ihm nur einen Kuss auf die Wange. Es herrschte quirliges Treiben, und die Cafes und Eisdielen hatten kaum noch freie Sitzplätze. Nach einer Viertelstunde kamen sie am Salinplatz vorbei und Jana meinte: „Stop, Peter. Dort drüben am Cafe, hab ich noch zwei freie Tische gesehen, lass uns bitte ein Eis essen." Dann zog sie ihn, am Ellenbogen einhängend, einfach mit.

„Liebend gern, wir sind für heute eh schon genug gelaufen. Außerdem merke ich langsam meinen geschwollenen Knöchel, trotz deines wirklich exzellenten Verbandes."

Das Cafe am Salinplatz, war ein beliebter Treffpunkt in einer Seitengasse der breiten Fußgängerzone. Hier war der Fußgängerstrom deutlich kleiner und es dadurch wesentlich ruhiger und gediegener, was auch die Gäste des Cafes vermuten ließen. Vorwiegend Personen aus der mittleren und höheren Altersschicht verweilten in den gepolsterten Stühlen. Ein Teil der großzügigen Terrasse lag bereits im Schatten, sodass Jana ihre Strickjacke anzog, die sie sich bisher um die Schultern gelegt hatte. Beide bestellten ein Eis, wobei Englert auf Sahne verzichtete, schließlich hatte er bereits in knapp einer Woche, drei Kilo abgenommen, und wollte nicht gleich wieder zunehmen.

„Ich bin ja sehr gespannt auf deine Tochter Jenny und ihren Freund", meinte Jana, während sie genüsslich das Eis auf der Zunge zergehen ließ. Englert hatte ihr gestern, nach der „Sitzung" bei der Polizei und beim abschließenden Abendessen, fast zwei Stunden von seiner geliebten Tochter erzählt, auch von ihrer Entführung im Sommer.

„Jenny, sich auch auf dich", erwiderte er. „Ich habe ihr am

Telefon ausgiebig von dir erzählt. Ich glaube, sie ist noch viel neugieriger als du, Jana. Immerhin bist du meine erste Beziehung – wenn ich es so nennen darf – seit dem Tod meiner Frau, Jennys leiblicher Mutter."

„Sag ihr lieber, ich bin eine Kurbekanntschaft oder ein Urlaubsflirt, das hört sich besser an."

Sein Gesicht verfinsterte sich etwas: „Warum, hörst du das Wort „Beziehung" nicht gern?"

„Nicht unbedingt. Wir wissen ja beide nicht, wie`s nach unserem Aufenthalt hier weitergeht, oder? Beziehung ist bestimmt etwas übertrieben, aber deshalb auch wieder kein Grund jetzt gekränkt zu sein, Peter."

„Gekränkt? Bin ich nicht", entgegnete er leicht mürrisch, „Aber es könnte doch sein, dass wir uns nach dem Urlaub wiedersehen, oder?

„Möglich, aber bis dahin, fließt noch viel Wasser entlang des Rheins. Lass uns die Zeit jetzt und hier genießen, alles weitere kommt dann wie von selbst, okay?"

„Wie du meinst." Ihm war bewusst, dass seine Erwartungen nicht allzu groß sein dürften, schließlich sah die Frau gut aus und war über 20 Jahre jünger als er. Welchen Grund sollte sie, nach seinem Aufenthalt in Bad Aibling noch haben, um bei ihm zu bleiben? Sie hatte hier ihren Job und Wohnung, sowie bestimmt einige Freunde, von denen er noch nichts wusste. Warum also auf ihn warten oder ins Allgäu ziehen? Auch er konnte sein Leben in Kempten nicht so einfach hinter sich lassen, schließlich hatte er ein Haus, dass nicht so einfach zu veräußern war, aber das schien sie nicht sonderlich zu interessieren.

„Lass uns baden gehen, Peter", meinte sie nach zwei stillen Minuten, in denen sie nur das Treiben von zwei Kindern hörten.

„Baden?" Er hob überrascht den Kopf. „Wo?" Sein Handy klingelte, als sie gerade Luft holen und antworten wollte. Er wischte mit dem Finger über den Bildschirm und strahlte: „Jenny, mein Schatz! Hallöchen. Wie sieht`s jetzt aus mit morgen? Bleibt alles so, wie gestern besprochen?"

Jana hörte aufmerksam zu und löffelte die letzten Eisreste von ihrem Becher raus.

„Wunderbar, prima Jenny. Um welche Uhrzeit? Schön, wir freuen uns schon sehr. Bis morgen." Dann legte er auf und steckte das Mobiltelefon in seine Jackentasche.

Erwartungsvoll starrte ihn Jana an. „Und, alles klar mit morgen?"

„Absolut. Sie kommt mit ihrem Freund wie geplant, und dann fahren wir gemeinsam nach Salzburg, später dann an den Chiemsee, wenn wir wieder zurückfahren."

„Wann?"

„Halb zwölf warten sie am Hoteleingang, sofern kein Stau sie ausbremst. Das ist anscheinend bei der Autobahn München-Salzburg häufiger der Fall, wie man oft genug im Radio hört, vor allem, wenn viele Urlauber und Tagesausflügler unterwegs sind. Und morgen soll`s traumhaftes Wetter geben, also ideal für einen Städtebesuch und einen Bummel an der Promenade vom Chiemsee."

Sie legte ihre Hand auf seinen Unterarm und meinte: „Wird bestimmt schön, aber um auf meine Frage zurückzukommen von vorhin; sollen wir jetzt zum Baden gehen?"

„An welchen See? Ich hab ja gar keine Badehose dabei."

„An den Rinsee, ein Geheimtipp, ungefähr sechs Kilometer von hier. Ich habe eine Picknickdecke und ein Handtuch im Auto, Badeklamotten hab ich auch keine dabei. Wenn nix los ist, springen wir hüllenlos ins Wasser. Vielleicht kriegen wir ja ein verstecktes, idyllisches Plätzchen, Peter?"

Englert fand Gefallen an dem Vorschlag, Frauen mit Initiative mochte er. Wer weiß, was man an dem See noch so alles machen konnte, dachte er? „Okay, ich zahle, dann streifen wir noch zehn Minuten durch die Fußgängerzone, dann geht's Richtung Parkhaus."

Gegen 16 Uhr saßen sie in ihrem knallroten VW Golf, und fuhren bei traumhaftem Alpenpanaroma zum See.

„Wie kamst du ausgerechnet auf diesen See, Jana?", fragte er, als sie zehn Minuten später einen Parkplatz unweit des Sees ansteuerte. Es standen nur drei Fahrzeuge auf dem Parkplatz, der zweihundert Meter westlich vor dem kleinen See lag.

„Ein Geheimtipp einer Patientin, aus unserer Klinik. Sie entdeckte ihn zufällig bei einer Radtour, er wird kaum beworben, deshalb gehen vorwiegend nur Einheimische hierher. Jetzt, Ende September, ist für die meisten die Badesaison eh vorbei, gerade richtig für uns zwei Hübsche", meinte sie grinsend. „Das Wasser ist bestimmt noch angenehm."

Sie stiegen aus, und Jana holte ihre Picknickdecke aus dem

Kofferraum. Die Bäume um den kleinen See spiegelten sich im türkisfarbenen Wasser. „Und, hab ich dir zu viel versprochen, Peter?"

Auf einem schmalen Weg, liefen sie Richtung Ufer, und Englert sah über den Baumspitzen, das breite, felsige Massiv der „Kampenwand", einen der markantesten Berge in den Chiemgauer Alpen.

„Paradiesisch", erwiderte er. „Der Weg geht bestimmt ganz um den See. Ich glaube, wir sollten einen kleinen Spaziergang machen, um ein verstecktes Plätzchen zu finden."

Nur ein Biker lag unweit des Ufers auf einem Grünstreifen, und ließ sich sonnen. Eine ältere Spaziergängerin war mit ihrem Labrador unterwegs.

„Gute Idee, mein Lieber. Auf der anderen Seite gibt es bestimmt ein verstecktes Plätzchen." Dann gingen sie weiter Hand in Hand, bis sie nach zweihundert Metern eine kleine Bucht entdeckten. „Was meinst du, Peter? Hier ist es doch schnucklig, auf dem Wiesenstreifen könnten wir uns hinlegen."

Englerts Blick schweifte nach allen Seiten. Einige Sträucher und Bäume verdeckten den Platz ideal, im Wasser zog ein Entenpärchen seine einsamen Runden. Weit und breit kein Mensch im Wasser.

„Ideal! Genau das Richtige für uns Turteltäubchen."

Jana schmiss ihre Decke auf den Boden und strich mit ihrer Hand über die Wasseroberfläche. „Schön warm, lass uns gleich ins Wasser gehen, Peter."

„Wie du befiehlst", erwiderte er grinsend und zog sich aus. Zuletzt war er vor knapp zwanzig Jahren – und fünfzehn Kilo weniger – nacktbaden gewesen. Als er Jana sah, wie sie ihr Kleid abstreifte und ihren BH öffnete, regte sich sein „bester Freund" nach oben. Unglaublich, wie diese Frau ihn erregte, das hatte er schon beim ersten Blickkontakt im Tanzcafe gemerkt. Sie zog ihren Slip nach unten und stellte sich dann nackt vor ihn hin. „Let`s go", meinte sie nur und nahm ihn bei der Hand. Dann liefen sie langsam ins Wasser, während er sich leicht verschämt umsah, ob sie auch niemand beobachtete.

Hätte ihm vor der Kur jemand gesagt, dass er mit einer viel jüngeren Frau Sex haben, und nacktbaden gehen würde, hätte er ihn für verrückt erklärt. Er, mit fast dreiundsechzig, ergraut wie ein alter Wolf, deutlich sichtbarem Bauchansatz und tiefen Falten auf der Stirn. Immerhin hatte er noch volles Haar und eine blendende Sehkraft wie ein Adler.

„Sie" mit festen, kleinen Brüsten und großen Warzenhöfen, knackigem Po und faltenfreier, leicht gebräunter Haut, modischer Kurzhaarfrisur und ein Gesicht wie ein Engel. Langsam kamen ihm bei dem vielen Dusel leichte Zweifel, warum ausgerechnet er, „der Auserwählte" war. Im Tanzcafe – oder sonstwo – gab es doch viel interessantere und jüngere Typen als ihn. Oder hatte sie womöglich einen Vaterkomplex? Besonders viel hatte sie ja bisher (noch) nicht über ihr Privatleben herausgelassen. Nur, dass sie bisher einmal verheiratet gewesen war und die Ehe nur drei Jahre hielt. Wenn das überhaupt stimmte, aber was hätte sie davon, ihn gnadenlos anzulügen?

Beim Blick auf ihren Schritt, und die schmalen dunklen

Haarstreifen um ihre Schamlippen, vergingen seine Zweifel wieder. Nein, diese Frau wollte nur was erleben, wahrscheinlich gab es – bisher – nur sehr viele niveaulosen Idioten hier, dachte er sich, während sie auf Hüfthöhe im Wasser standen.

„Du bist ja schon wieder ganz schön geil, Peter?", sagte sie, ließ seine Hard los und schwamm ins Wasser rein. Er tat es ihr gleich und machte kräftige Schwimmzüge, bis er neben ihr auf gleicher Höhe schwamm.

„Kein Wunder, bei so einer rassigen Frau", meinte er, als sie sich drehte und auf dem Rücken weiterschwamm. Auf der gegenüberliegenden Uferseite war der Biker mittlerweile verschwunden, nur ein junges Paar saß – angezogen – auf dem Gras und knutschte. Der See hatte höchstens eine Breite von dreihundert Metern, und Jana drehte nach fünfzig Metern wieder um zum Ufer. Englert schwamm hinterher und lief unmittelbar nach ihr – mit einer Latte – aus dem Wasser. An der Decke angekommen, rubbelte Jana ihn trocken und als sie in die Nähe seines Schwanzes kam, wurde er noch härter. Sie streichelte ihn mit der linken Hand, sodass es schon wieder in seinen Lenden zu kitzeln begann. Dann küsste sie ihn lang und innig auf den Mund, während sie seine Vorhaut langsam vor- und zurückschob.

„Lass uns hinlegen", flüsterte er ihr ins Ohr und beide kuschelten sich engumschlungen aneinander und wälzten sich auf der Picknickdecke. Dann stieß ihn Jana leicht mit den Händen weg, hob etwas ihre Hüfte und streckte die schlanken Beine in Spagatform zum Himmel.

„Stoß ihn rein", raunte sie, dabei blickte er in ihre großen

Schamlippen und den geöffneten Weg in ihre Lustgrotte. Er presste sich an sie und flutschte bis zum Anschlag in ihre nasse Scheide, sodass sie vor Lust aufschrie. Hechelnd stieß er mit regelmäßigem Rhythmus zu, bis sie ihn nach zwei Minuten wieder von sich stieß. Dann kniete sie sich hin wie eine räudige Hündin und streckte ihm ihren Hintern nach hinten entgegen. „Rammel mich durch, und wenn du kommst, zieh ihn raus", bettelte sie wie eine Ertrinkende. Er kniete sich hinter sie und steckte seinen Schwanz, der kurz vor der Explosion stand, wieder ruckartig in sie hinein. Während er wie ein Stier zustieß, klatschte er mit seinen breiten Händen auf ihren Arschbacken. Kurz bevor sich sein Höhepunkt entlud, zog er ihn raus und bearbeitete ihn mit seiner Hand weiter, bis er wenige Sekunden später auf ihren Arschbacken abspritzte. Laut stöhnend presste er die letzten Spermareste raus und stützte sich keuchend an ihrem Hintern ab.

Der – geschätzte – dreißigste Orgasmus, seit er ihre Bekanntschaft vor elf Tagen machte.

17

Langsam erwachte Tanja aus ihrer Ohnmacht. Als sie die Augen aufschlug, sah sie, dass sie in dem Bett lag, wo sie zuvor vergewaltigt wurde. Sie schlug die Decke weg und sah auf ihren nackten Körper. Sie lag mit dem Rücken auf der Matratze und spürte sofort das Brennen in ihrer Scheide. Sie spreizte ihre Beine und griff mit den Händen an ihre

Vagina. Sofort spürte sie das klebrige Sperma, an ihren Händen und überall verteilt an ihren Schamlippen und dem braunen Schamhaar. Ihre Scheidenwände, Lippen und die Klitoris waren gerötet und brannten, als wäre sie angezündet worden. Sanft streichelte sie mit ihren Finger darüber. „Diese widerlichen, verdammten Bastarde", flüsterte sie vor sich hin und spürte die aufkommenden Tränen in ihren Augen. Mühsam erhob sie sich und spürte wieder einen einsetzenden Schwindel, der bestimmt von den Drogen kam die man ihr verabreicht hatte.

„Wenn ich ein Messer finde, schneide ich eure Gottverdammten Schwänze ab", brüllte sie in ihrem aufgestauten Hass an die Wand. Sie spürte die immer stärker werdenden Schmerzen zwischen ihren Beinen und schlich breitbeinig zum Waschbecken. Sie dreht den Wasserhahn auf und ließ einen Becher volllaufen mit Wasser. Gierig kippte sie das Wasser in den Mund, machte einen sauberen Lappen nass und fuhr sich damit zwischen die Beine. Sie versuchte, so gut es ging, die Spermareste und den blutgeröteten Schleim an ihrer Scham zu entfernen. Nach der Waschprozedur kippte sie sich mit beiden Händen, kaltes Wasser ins Gesicht und sah sich danach im Spiegel an. Sie sah aus, wie ein Häufchen Elend. Die Augen und Wangen waren gerötet und ihre Haut war so schneeweiß wie die Wandfarbe des Apartments. Ihre Haare waren zerzaust und fettig. Erneut lief ihr was aus der Scheide: Blut. Sie wischte es mit dem Tuch ab, und verdrängte die Gedanken an die schlimmen Minuten bis zur Bewusstlosigkeit. Der Typ hatte sich mit seinem widerlichen Riesenschwanz in ihre trockene Scheide gebohrt, wie ein Maulwurf in die Erde. Hoffentlich hatte sie keine inneren Verletzungen. Sie dachte an ihre Schwester Petra und ihre Eltern, die in Bad Tölz wohnten. Waren sie schon auf der Suche nach ihr? Hatten sie die Polizei eingeschaltet? Was würden ihre Arbeitskollegen zu ihrer Abwesenheit sagen? Der Gedanke daran, trieb sie in die Verzweiflung. Wie konnte sie aus dieser Hölle hier wieder entkommen? Sie lief in langsamen Schritten ins Bad und stellte sich unter die Dusche. Das Wasser war nur mäßig warm, trotzdem ließ sie es minutenlang auf ihren geschundenen Körper rieseln. Dann stieg sie aus der Dusche und trocknete sich ab. Ihre Augen suchten jeden Zentimeter des Zimmers ab, vielleicht gab es doch eine mögliche Waffe. Nagelfeile, Schere, Messer, nichts konnte sie von alldem entdecken, was ihr vielleicht nützlich sein konnte. Dann vernahm sie plötzlich einen Laut, das Zimmer wurde wieder aufgesperrt. Sie entledigt sich ihres Handtuchs und zog das T-Shirt und Jogginghose hastig an. Diesmal kamen nicht beide Typen wieder, sondern eine Frau und der kleinere der beiden Scheusale.

„Setz dich aufs Bett!", befahl der Mann, als er sich drohend vor ihr aufbaute. „Ich hoffe, du hast dich wieder erholt von unserem Schäferstündchen", meinte er spöttisch grinsend und stellte sich vor sie, als sie wieder auf dem Bett saß. Die blonde Frau an seiner Seite – höchstens achtundzwanzig – folgte ihm.

„Übrigens, ich heiße Tomas und der gutmütige Kollege von vor drei Stunden, ist der liebe Ivan. Man nennt ihn auch den „tschechischen Hengst", warum kannst du dir ja jetzt bestimmt denken. Und diese liebenswürdige Frau an meiner Seite, ist die Helena. Sie ist für die Betreuung – und für die

Vernunft – der Mädchen hier verantwortlich. Sie wird dir deinen Aufenthalt hier, so angenehm wie möglich gestalten. Glaub mir, dass wir über dich hergefallen sind, ist hier nicht üblich, das erfolgt nur bei Ungehorsamkeit. Hältst du dich an unseree Regeln, dann geht's dir bestimmt sehr gut. Stimmt`s, Helena?"

Die blonde Frau nickte zustimmend. Sie sah aus, wie die fünf Jahre jüngere Schwester von Helene Fischer, nur war sie nicht Eins sechzig, sondern fast Eins achtzig. Sie trug ein schwarzes kurzes Kleid, eine weiße Bluse und knallrote Pumps. Sie war stark geschminkt und hatte einen kleinen Korb dabei, den sie sich unter den linken Arm geklemmt hatte. „Er hat recht", sagte sie mit heller Stimme, die wie von einem 18-Jährigen Mädchen klang. „Nur wenn du hier nicht mitmachst, geht`s dir dreckig, sehr dreckig. Wenn du dich eingelebt hast, gefällt es dir bestimmt bei uns. Hier herrscht fast eine familiäre Atmosphäre. Es arbeiten hier ausschließlich Mädchen aus Osteuropa und – auch wenn du es kaum glauben wirst – aus Deutschland! Die Gäste mögen Tschechinnen und deutsche Frauen am liebsten. Wenn sie Schwarze oder Asiatinnen wollen, müssen sie in einen anderen Club gehen, auch den gibt's in Prag. In dieser schönen Stadt gibt's fast alles, sogar Transen und Zwitter, also sozusagen wird jeder Geschmack bedient." Sie hielt kurz inne und Tanja musterte sie eingehend. Sie war bestimmt auch Deutsche, Tanja glaubte, einen leicht schwäbischen Akzent herauszuhören.

„Woher kommst du?", fragte Tanja.

„Ich bin aus Neu-Ulm. Man hat mich – ähnlich wie dich – auch hierher verschleppt, auch wenn du es kaum glauben wirst, aber es stimmt tatsächlich. Ehrenwort."

Tanja konnte es wirklich kaum glauben. War diese junge Frau wirklich mal Opfer gewesen? Wieviel war ihr Ehrenwort wert? „Wie lang bist du schon hier?", fragte sie.

„Fast zwei Jahre. Ich wurde bei einer Wanderung in den Allgäuer Alpen an einem Bergsee entführt. Klingt aberwitzig, ich weiß, aber es ist nun mal die die Wahrheit. Irgendwann, wenn du dich hier eingelebt hast, und dir es hoffentlich besser gefällt, beweis ich`s dir. Aber kommen wir nun zu den Spielregeln: Du arbeitest hier fünf Tage die Woche, acht Stunden täglich, und zwar von zwanzig Uhr- bis vier Uhr früh. Ausnahmen bestätigen die Regeln, aber meistens ist es so, außer, eine von den anderen Mädchen wird mal krank. Jeden Tag bekommst du den Stoff, den du brauchst, sonst drehst du nämlich in Kürze durch. Alles was hier im Schrank hängt, wird dir weitestgehend passen. Sowohl die Klamotten, als auch die BH`s und die Schuhe."

„Woher wusstet ihr das? Hat euch das dieser Pascal vor meiner Ankunft hier schon alles gesagt?"

„Richtig, du wurdest schon viele Wochen vor deiner Entführung von unseren „Scout`s beobachtet, nicht nur von Pascal. Aber er ist der beste Mädchenfänger, obwohl er diesmal leichte Nachlässigkeiten zeigte, die ihm hoffentlich nicht zum Verhängnis werden. Die Polizei fahndet nämlich nach ihm, aber das muss nichts heißen. Er wird sich – optisch – nämlich etwas verändern und einen neuen Pass erhalten. Aber machen wir weiter; jeden Abend arbeitest du an der Bar – unten – in einem der Outfits hier, zwischendurch kriegst du selbstverständlich auch mal was anderes.

Wenn einer der „Kunden" mit dir Sex haben will, kannst du mitmachen, musst aber nicht jeden nehmen! Wenn du aber ständig ablehnst, wirst du den Job los, dann wirst du in einen anderen Club in die Ukraine verschachert. Und glaub mir, die sind dort nicht so freundlich wie wir hier, einige der der Mädchen unten, könnens dir bestätigen. Dort kriegst du sogar einen Peilsender in deine Muschi implantiert. Also, überleg dir sehr genau, was du unten sagst und was du mit den Gästen machst. Ivan – und noch ein anderer Rausschmeißer – passen auf dich auf. Das hat sich rumgesprochen unter der Kundschaft, die sind schon sehr artig, glaub mir. Ivan hat auch schon mal einen perversen und gewalttätigen Gast vergewaltigt und dann in den Rollstuhl geprügelt! Sie haben alle großen Respekt vor ihm."

Tanja bekam eine Gänsehaut bei der Schilderung. Trotzdem fragte sie: „Und was ist, wenn ich nicht mitmache?"

Helena und Tomas sahen sich süffisant an, bevor Helena erwiderte: „Ivan wird sich dann ein weiteres Mal mit dir beschäftigen. Dann bleibt`s aber nicht bei deiner Muschi, denn er wird dann seinen Prügel in dein Arschloch stecken, und ihn dir in den Rachen pressen. Fraglich, ob du das dann noch überlebst. Du würdest vermutlich daran ersticken. Also, bleib am besten artig und mach mit. Du glaubst gar nicht, wie schnell dir das hier Spaß machen wird."

18

Pünktlicher als die deutsche Bahn, trafen Jenny und Alex um halb zwölf beim Hotel Kindl ein. Strahlender Sonnenschein und keine Wolke am stahlblauen Himmel trübten die Aussicht und versprachen einen wunderschönen Sonntag. Alex war aufgrund des zu befürchtenden Ausflugverkehrs, eine halbe Stunde früher als geplant losgefahren. Der Verkehr auf der Autobahn verlief aber weitestgehend flüssig.

Jana hatte ein superkurzes buntes Kleidchen angezogen, das gerade noch bis zu den Oberschenkeln reichte. Dazu trug sie offene, schwarze Sandaletten. Jenny dagegen kam in Blue-Jeans, einem schwarzen Top und flachen Leinenschuhen. Ihr Vater fiel ihr gleich nach dem Aussteigen um den Hals. Nach einer kurzen Vorstellung aller Beteiligten stiegen sie in den nagelneuen Audi A4 von Alex – er arbeitete bei Audi in Ingolstadt – und brausten zügig davon. Zuvor hatten sie sich in Windeseile darauf geeinigt – auf Jennys Wunsch – einen Abstecher nach Salzburg zu machen, und erst auf der Rückfahrt am Chiemsee noch zu bummeln und Kaffee zu trinken. Der Ausflugsverkehr lief flüssiger als erwartet, sodass Alex keine fünfundvierzig Minuten später die Grenze nach Österreich passierte. Immer wieder versuchte Peter Englert im Auto ein Gespräch anzukurbeln, aber vor allem Jenny blieb – vor allem Jana gegenüber – merkwürdig reserviert. Entweder war sie schlecht gelaunt, oder – was Englert vermutete – mit Vorbehalten versehen, was seine Bekanntschaft zu einer deutlich jüngeren Frau betraf.

Alex fuhr direkt in die Altstadt der wunderschönen österreichischen Stadt und bekam einen Parkplatz beim Augustinerkloster.

„Ich kenne einen schönen Panoramaweg zur Festung Hohensalzburg", klärte Peter Englert auf und alle nickten zustimmend. Er war zuletzt – mit seiner ehemaligen Frau – vor fünfundzwanzig Jahren in der österreichischen Stadt gewesen. „Dreihundert Meter vor der Festung ist ein wunderbarer Aussichtspunkt und ein prächtiger Biergarten", ergänzte er. „Außer, es hätte sich die letzten zwanzig Jahre hier einiges verändert."

Was aber nicht der Fall war. Gemütlich schlenderten sie entlang des leicht steigenden Weges und der Blick auf die historische Altstadt wurde immer eindrucksvoller. Nur kleine Schleierwolken waren am Himmel zu sehen und die Temperatur war eines Altweibersommers mit 23 Grad absolut angemessen. Die anfängliche Zurückhaltung fiel bei allen Beteiligten langsam ab und die Konversationen wurden während des Gehens immer besser. Gott sei Dank, dachte sich Peter Englert, schließlich war auch ihm daran gelegen, dass seine Tochter Jana akzeptierte. Vielleicht ergab sich nach der Kur doch mehr zwischen ihnen beiden, dann wäre es alles andere als förderlich für die Beziehung, wenn zwischen den beiden Frauen noch Eifersüchteleien existieren würden.

Dreißig Minuten später standen sie unmittelbar unter der markanten Burgfestung, wo immer mehr Spaziergänger den schönen Tag genossen. Englert zeigte mit seinem Arm auf eine nahegelegene Wirtschaft. „Wir sind da, außer ihr wollt noch die Festung besichtigen? Was meint ihr, Jenny und

Alex?"

Jenny sah ihren Freund fragend an: „Ich würde sagen, das machen wir ein andermal, dazu sind wir jetzt schon etwas spät dran. Oder, was meinst du, Schatz?"

„Du hast recht, es ist schon fast halb drei, und ich würde später gerne noch einen ausgedehnten Bummel durch die Altstadt machen."

„Dann sind wir uns ja schon wieder einig. Schießt doch noch ein paar Bilder mit euren Handys, dass da vorn ist der Aussichtspunkt wo das Fernrohr steht." Er zeigte auf einen erhöhten Platz, vierzig Meter vor dem Biergarten, wo sich schon die Hobby-Fotografen an den schönsten Punkten positioniert hatten.

„Lass uns erst was trinken, Paps. Vom Biergarten aus ist die Aussicht noch wesentlich besser, weil keine Bäume im Sichtfeld stehen", meinte Jenny Englert und sie sahen sich nach einem freien Tisch um. Der Biergarten hatte eine Fläche von ungefähr hundert Quadratmetern und ein halbes Dutzend Tische waren noch frei. Jana zeigt auf einen großen runden Tisch, wo sechs Stühle standen. Alle folgten ihr und saßen sich hin.

„In einer halben Stunde gibt`s bestimmt keine Plätze mehr, dann marschieren nämlich die meisten der Festungsbesucher den Weg hier hinunter", meinte Englert mit Blick auf den zunehmenden Besucherstrom, der immer dichter wurde. Vor allem viele Asiaten waren mit ihren dicken Kameras scharenweise unterwegs. Englert und Alex bestellten sich jeder ein Radler, und ihre Begleiterinnen zogen lieber Cappuccino und Latte Macchiato vor.

„Wollt ihr was essen?", fragte Alex mit Blick auf ihren Nebentisch, wo fünf Japaner riesige Wurstsalat-Portionen verschlangen. „Später, wenn wir in der Altstadt bummeln", meinte Jana und sah dabei die anderen an, die nur zustimmend nickten.

Nach einer halben Stunde, in der Peter Englert den anderen die Geschichte von Salzburg etwas näherbrachte – er hatte es beim Frühstück noch im Internet gelesen –, hatte Jana auf einmal eine Idee. Bisher hatte sie sich sehr mit Reden zurückgehalten. „Als ich eben auf der Toilette war, hab ich ein Plakat an der Tür gelesen, hier gibt`s stündlich Stadtrundfahrten. Das wäre doch was, dann bräuchten wir nicht mehr so viel laufen und sehen in kürzester Zeit mehr von der Stadt. Was haltet ihr denn davon?"

„Gute Idee", fand Peter Englert und drückte dabei ihre Hand. „Das richtige für Romantiker, außerdem schone ich dabei meinen Knöchel." Gleichzeitig biss er sich auf die Zunge. Er wollte seiner Tochter und ihrem Freund eigentlich nichts von dem Vorfall auf der Straße erzählen. Noch nicht. Gott sei Dank hinterfragten sie nicht, womöglich meinten sie nur, er wäre einfach nur zu faul zum laufen.

„Was meinst du, Jenny?", fragte Alex.

„Ich würde lieber laufen, schließlich sind wir jetzt lange genug im Auto gesessen."

Um unnötige Diskussionen zu vermeiden, machte ihr Vater einen Kompromiss: „Dann machen wir`s ganz einfach so; es ist kurz vor halb vier. Jeder macht das was er will, und wir treffen uns um fünf Uhr am Mozartplatz, dem größten Platz in der Altstadt, den kennt jeder. Einverstanden?"

„Gute Idee", meinte seine Tochter und er bezahlte für alle. Dann brachen sie getrennt voneinander auf.

Jana und Englert liefen Hand in Hand den Weg wieder hinunter, während seine Tochter und Alex noch ein paar Selfie-Bilder mit der Festung im Hintergrund machten. Sie winkten ihnen zu, und waren eine Viertelstunde später wieder unweit des Parkplatzes, wo der Audi von Alex stand.

„Schau Peter, da vorn ist ein Schild mit Stadtführungen", meinte Jana und sie liefen darauf zu. Auf dem Plakat wurden Rundfahrten mit Fahrrad-Gespannen zu jeder vollen Stunde angepriesen.

„Rikscha-Fahrten", meinte Peter Englert amüsiert.

„Cool", erwiderte Jana. „Das machen wir, Peter. Das ist bestimmt lustig und romantisch. Bei der Staatsbrücke vorne, da ist eine Station. Laut Plakat nur dreihundert Meter von hier. Also, lass uns gehen."

Die Brücke stand überall auf den vielen Hinweisschildern, die an allen Ecken und Enden zu sehen waren, sodass sie nur fünf Minuten später vor drei Gespannen standen, die sehnsüchtig auf Kundschaft warteten. Jana zeigte auf einen durchtrainierten, jungen Kerl, der nur so vor Energie zu strotzen schien.

„Den nehmen wir", meinte sie und sie setzten sich auf die komfortabel gepolsterten Sitze. Um vier Uhr starteten sie. Der Rikscha-führer zog zuerst eine Schleife am Rathaus vorbei, das unweit der Brücke lag. Immer wieder musste er hupen und schreien, damit die vielen Besucher ihm nicht vor die Räder liefen. Unnötige „Stops", erzeugten nur unnötige Energie beim Starten, erklärte er den beiden, die sichtlich amüsiert die Fahrt genossen. Trotz seines durchtrainierten Körpers, kam er bei einigen Steigungen gehörig ins Schwitzen und wischte sich immer häufiger mit den kräftigen Unterarmen den Schweiß von der Stirn. Nach dem größten Teil der Altstadt, fuhr der Fahrer über den Mozartsteg und überquerte die „Salzach", den riesigen Fluss der quer durch die Stadt verläuft. An der Linzergasse vorbei, sahen sie weitere prächtige Bauten der historischen Stadt, wie das Schloss Mirabell, das Barockmuseum, das Landestheater und das Geburtshaus, der wohl berühmtesten Persönlichkeit der Stadt: - WOLFGANG AMADEUS MOZART -. Dort blieb der Fahrer stehen und gab einige Erklärungen ab, die sie aber aufgrund des munteren Treibens und des hohen Lärmpegels kaum verstanden. Nach fünfundvierzig Minuten waren sie wieder am Ausgangspunkt angelangt, wo ihnen sofort eine größere Menschentraube auf der Brücke auffiel. Der nassgeschwitzte Fahrer half ihnen aus den Sitzen, und Englert drückte ihm statt siebzehn Euro, einen Zwanziger in die Hand.

„Was ist denn das für ein Menschenauflauf, hier auf der Brücke oben", fragte er irritiert und Jana zückte ihr Samsung. Im selben Moment näherte sich auf dem Wasser ein Boot der Wasserschutzpolizei.

„Tja", meinte der Fahrer achselzuckend. „Ich vermute wieder mal ein Selbstmord in der Salzach."

„Wieder mal?", fragte Englert mit hochgezogenen Augenbrauen.

„Ja, wenn es sich bewahrheiten sollte, ist es der Vierte seit

Juni, immer an der gleichen Stelle hier. Und was noch viel erstaunlicher ist: es sind immer junge, attraktive Frauen!"

19

Zur fast gleichen Zeit spazierten Jenny und Alex vom Domplatz aus Richtung Festspielhäuser. Aufgrund der immer größer werdenden Menschenmassen, wurde es in den schmalen Gassen immer mehr ein Gedränge und Gestosse.

„Alex, mir reichts!", meinte eine sichtliche genervte Jenny. „Lass uns ins Cafe gehen, die Meute hier regt mich langsam auf, man kann ja nicht mal mehr vernünftig laufen. Außerdem ist es kurz vor fünf, mein Vater wird mit Jana bestimmt auch schon Richtung Mozartplatz laufen."

„Klar, stimmt. Laut meiner Navi-Skizze am Bildschirm, sind wir nur noch zweihundert Meter vom Mozartplatz entfernt. Komm."

Er legte einen Arm um ihre Schulter und sie versuchten sich zügig an den vielen Besuchern vorbeizuschlängeln. Wenige Minuten später standen sie vor dem – vermutlich – begehrtesten Fotomotiv der Stadt: Die Statue von Wolfgang Amadeus Mozart, der aus allen möglichen Blickwinkeln fotografiert wurde.

„Schau", meinte Jenny, „da vorn ist ein großes Cafe, da sehen wir sie bestimmt herlaufen. Lass uns da verweilen, ich hab einen freien Tisch gesehen."

Dann zog sie ihn eilig mit, bevor andere das gleiche dachten wie sie. Über den Himmel hatte sich eine leichte Schleierbewölkung gezogen, bei immer noch angenehmen zwanzig Grad.

Kaum, dass sie sich hingesetzt hatten, zog Jenny ihr Handy aus der Tasche. „Willst du auch die Mozart-Statue fotografieren", fragte Alex.

„Nein, ich sende Paps eine SMS, damit er weiß, wo wir sitzen. Hier im Radius von hundert Metern, gibt`s bestimmt zehn Cafe`s."

Dann bestellten sie zwei Tassen Cappuccino mit zwei Sachertorten, und sahen amüsiert dem „Kult" mit der Mozartstatue zu, mit der sich – fast – jeder fotografieren lassen wollte.

Es piepte bei Jennys Handy. „SMS von Paps. Sie verspäten sich um gut fünfzehn Minuten", meinte sie, während Alex die zweite Sachertorte bestellte.

„Wir haben ja noch Zeit", meinte er schmatzend, „aber für den Chiemsee wird`s zu spät werden, außer, wir wollen nur noch den Sonnenuntergang betrachten, der dürfte ungefähr gegen 19 Uhr sein, laut meiner Wetter-App." Auf einmal hielt er inne und seine Gabel mit Kuchenstück verharrte in der Luft.

„Was ist?", fragte Jenny. „Hat dir der Kuchen auf den Magen geschlagen? Oder hast du eine ehemalige Freundin entdeckt?"

„Keines von beiden, aber einen ehemaligen Arbeitskollegen entdeckt, sofern er sich nicht gravierend verändert hat." Er balancierte mit seiner Gabel und wies auf einen großen, dunkelhaarigen Typ mit einer „Ray Bean"- Sonnenbrille hin. Er stand mit einer blonden jungen Frau, von bestimmt Eins achtzig, nur wenige Meter von der Mozartstatue entfernt.

„Der große Typ mit der Sonnenbrille und der Blondine im Schlepptau?", fragte sie.

„Genau der."

„Na, weit können die nicht gegangen sein, die Tussi hat bestimmt Absätze von zehn Zentimeter."

Die Frau trug einen weinroten Minirock, ein blaues schulterfreies Top und braune Pumps, mit Absatzflächen eines Ein-Euro-Stücks. Sie trug ein dickes Make-up, als ob sie soeben einen Schminkkurs erfolgreich absoviert hätte.

„Willst du nicht hingehen und ihn begrüßen?", fragt Jenny. „Ich mein, ich weiß ja nicht, wie euer Verhältnis so war."

„Gleich, ich bin mir noch nicht ganz sicher, vielleicht schaut er ja in unsere Richtung."

Als ob der Mann das gehört hatte, steuerte er mit der wasserstoffblonden Frau an seiner Seite, Richtung Cafe-Terrasse. Zehn Meter, bevor sie vor Alex und Jenny`s Tisch entlangspazierten, begann Alex zu winken. „Hey, Kolli!"

Der große, schwarzhaarige Typ hob seinen Kopf und sah in ihre Richtung. „Das kann nicht wahr sein: Alex Bittl!", schrie er. In Windeseile kam er an ihren Tisch und die Blondine stakste hinterher. „Das kann ja wohl nicht wahr sein, wie klein die Welt doch ist. Was machst du denn hier, Alex?"

„Vermutlich das gleiche wie du: Bummeln, Kaffeetrinken

und andere Leute vom Cafe aus beobachten. Das hier ist übrigens meine Freundin Jenny."

Sie gaben sich die Hand. „Angenehm, und das meine Lieben, ist Salina." Die Blondine reichte ihnen zögerlich ihre Hand mit pinkfarbenen Fingernägeln. „Aber, ich bin nicht nur zum Vergnügen hier, Alex, wie ihr. Ich besuche meinen Vater, der hier im Mozartpark eine Firma hat. Vielleicht steig ich bei ihm ein."

„Wo wohnst du jetzt", fragte Alex.

„Ich hab zwei Wohnsitze; einen in Frankfurt und den zweiten auf Gran Canaria. Im Winter ist es mir in Deutschland zu kalt. Du weißt, ich hab Rheuma, da sollte man sich besser in wärmeren Gefilden aufhalten." Er grinste breit, während seine Begleitung eher teilnahmslos wirkte.

„Wollt ihr euch nicht zu uns setzen?", fragte Jenny, obwohl sie jeden Moment damit rechnete, dass ihr Vater mit seinem Anhang kam.

„Nein, danke" erwiderte der Schönling", „wir haben`s eilig. Wir sind zum Essen bei meinem Vater eingeladen. Ein andermal vielleicht."

Plötzlich schrie Jenny; "Papa!" und ruderte wie wild mit beiden Armen.

„Okay, also macht`s gut, Leute. Wir ziehen weiter." Dann war das Paar in wenigen Sekunden hinter dem Cafe verschwunden.

„Tss, tss", meinte Alex nur, und sah einen gehetzt wirkenden Englert und „seine" Jana auf ihren Tisch zukeuchen.

Sichtlich schockiert, setzten sie sich auf die Stühle und Englert holte erst tief Luft, bevor er sagte: „Ihr glaubt es nicht, was wir in den fünfundvierzig Minuten Stadtrundfahrt so alles gesehen haben. Nicht nur tolle Bauten, sondern auch noch eine verweste Wasserleiche!"

20

Nachdem sie Alex und Jenny den Vorfall geschildert hatten, beruhigte sich der Puls von Englert wieder. Selbst in seiner Kur blieb ihm wirklich nichts erspart. Jana blieb erstaunlich gefasst. Langsam dämmerte Englert, dass die Dame abgebrühter und cooler war als er selbst, obwohl er einige Jahrzehnte im Polizeidienst gewesen war. Wahrscheinlich lag das am Alter, mutmaßte er. Anscheinend wurde das Nervenkostüm mit der fortschreitenden Lebenszeit doch immer dünner und empfindlicher, zumindest bei ihm. Es war jetzt kurz vor halb sechs, und die Sonne schien immer noch auf die pulsierende Stadt.

„Hat sich die Frau von der Brücke gestürzt?", fragte Alex.

„Keine Ahnung", entgegnete Englert, „der Rikscha-Fahrer mutmaßte, dass die Frau schon seit Tagen im Wasser trieb, so wie sie aussah. Anscheinend ist dies aber nicht der erste Fall von – mutmaßlichem – Suizid gewesen."

„Wer sagt das?", fragte eine sichtlich schockierte Jenny.

„Der Fahrer meinte, das wäre bereits der vierte- oder fünfte Fall seit dem Frühsommer in diesem Jahr gewesen. Aber wechseln wir lieber das Thema, nicht dass wir uns dadurch noch den schönen Tag vermiesen. Hast du vorher Bekannte getroffen, Alex? Als wir kamen, ging doch gerade das hübsche Paar weg."

„Ja, wie klein doch die Welt ist. Ein ehemaliger Studienfreund aus München. Freund ist vielleicht übertrieben, eher Studienkollege. Er heißt Kollmannsberger und besucht anscheinend seinen Vater, der hier im Mozartpark – einem Gewerbeareal – investert hat. Vielleicht will er in der Firma seines Vaters einsteigen, keine Ahnung. „Kolli" – sein Spitzname – war schon immer ein Wichtigtuer und Schwätzer. Eigentlich kann man nur die Hälfte glauben, von dem was er so alles erzählt. Wahrscheinlich hat er sich eher eine neue Braut geangelt, er war schon immer ein Weiberheld. Aber was anderes: wollen wir nicht langsam aufbrechen, Richtung Chiemsee? Wir könnten noch in Prien einkehren, irgendwo an der See-Promenade. Was meint ihr?"

„Gute Idee", meinte Englert. „Was meinen unsere beiden hübschen Damen dazu?"

Beide nickten nur und sie brachen wenige Minuten später auf. Gegen neunzehn Uhr beobachteten sie bei einem opulenten Abendessen im Fischrestaurant, wie die glühende Kugel der Sonne, hinter der Chiemgauer Bergkette verschwand. Alles könnte so schön romantisch und idyllisch sein, wenn in Englert nicht seit einigen Stunden ein schrecklicher Gedanke aufgekommen wäre, den er aber – vorerst – für sich behielt. Nur nicht voreilig die Pferde scheu machen.

21

Prag, sechs Tage später. 11 Uhr

Tanja ging es beschissen. Die Wirkung der Droge ließ wieder langsam nach und sie bekam „Entzugserscheinungen". Das machte sich mit Kopfschmerzen, Schwindel, erhöhtem Blutdruck und Schweißausbrüchen bemerkbar. Wenn sie noch länger mit einer Spritze wartete, kamen bestimmt wieder – wie vor vier Tagen – epileptische Anfälle und Halluzinationen dazu. Es war die schlimmste Phase, die sie jemals in ihrem Leben mitgemacht hatte. Helena hatte ihr vor einer Woche gezeigt, wie sie sich am einfachsten eine Spritze setzte und sie band den Oberarm ab. Mit leicht zitternder Hand, drückte sie sich die Injektion in die Haut ihres linken Arms. Nach wenigen Sekunden merkte sie, wie sich ihr Zustand wieder normalisierte. Erschöpft setzte sie sich aufs Bett und versuchte ihre Gedanken zu ordnen. Seit über zehn Tagen befand sie sich nun hier, und hatte sich an die – gezwungenen – Gegebenheiten des Nightclubs angepasst. Vorerst, aber auch nur, um den richtigen Zeitpunkt ihrer Flucht abzupassen! Sie hatte sich – so gut es ging – alles Notwendige vergegenwärtigt, was für einen Ausbruch von Bedeutung sein könnte. Hoffte sie.

Sie hatte bisher dreimal unten im Nightclub gearbeitet, und zweimal mit einem „Interessenten" später das Zimmer aufgesucht. Einmal kam es zum Sex, beim anderen Mal, wollte der „Gast" nur, dass sie ihm beim Onanieren zusah, und er über ihren Brüsten abspritzen durfte. Das war ihr auf jeden Fall lieber, als wenn er in sie eindrang, da sie in den ersten Tagen noch eine leichte Entzündung an der Scheide gehabt hatte, die aber mittlerweile abgeklungen war. Helena hatte sie im Vorfeld ausgiebig darüber aufgeklärt, was die meisten Gäste für Wünsche hätten und was sie am besten ablehnen sollte. Bisher hatte das ganz gut funktioniert und die beiden Aufpasser ließen sie – weitestgehend – in Ruhe. Gott sei Dank, nochmals so eine Vergewaltigung würde sie wohl nicht mehr – ohne anschließenden Arztbesuch – überstehen. Arzt? Ein Gedanke kam ihr: was würde passieren, wenn sie wirklich eine ärztliche Behandlung benötigen würde? Käme der Arzt hierher oder würde sie zu einer Praxis oder womöglich ins Krankenhaus gefahren?

Es klopfte. Dreimal. Das konnte nur Helena sein, die hielt sich – wie von ihr versprochen – immer daran, dreimal kurz hintereinander bei ihr anzuklopfen. Bei den zwei „Rausschmeißern" war das nicht so, die sperrten ab- und auf wie es ihnen gerade passte, was sie maßlos ärgerte. Aber sie wollte sich nicht ein weiteres Mal mit ihnen anlegen, sie brauchte ihre ganze geistige und körperliche Energie, um von hier verschwinden und fliehen zu können.

„Ja, Helena. Komm rein", rief sie. Zwei Personen traten ein; Die – laut ihrer Aussage – Neu-Ulmerin und ein auffälliger, kleiner Mann, der wie ein schüchterner Buchhalter wirkte. „Tanja, das hier ist der Franz. Er kommt regelmäßig bis aus Zwiesel nach Prag, nur um in unseren Club zu gehen. Er hat dich an der Bar vor drei Tagen gesehen, aber sich nicht getraut dich anzusprechen. Er hat eine gewisse Vorliebe für große Möpse und rasierte Muschis. Gell, Franz?"

Der Angesprochene nickte wie ein Schoßhündchen. Er war Ende vierzig, maximal Eins siebzig und hatte eine leicht untersetzte Figur mit schütteren, rotbraunen Haaren, die an einigen Stellen mit grauen Strähnen durchzogen waren. „Willst du dich seiner Annehmen, Tanja? Ansonsten geh ich mit ihm zu Rebecca."

„Er kann ruhig hierbleiben."

„Gut, also sei artig, Franz. Tanja ist neu und sehr liebenswert. Nicht, dass mir was Unangenehmes zu Ohren kommt, verstanden?"

„Ja", erwiderte Franz mit kicksender Stimme, die fast Eunuchenhaft klang. Er setzte sich auf einen Stuhl und Helena verschwand grinsend aus dem Zimmer.

Franz lächelte gequält und fragte artig: „Darf ich mich ausziehen?"

Tanja holte eine Flasche Mineralwasser aus dem Kühlschrank und stellte sie mit zwei Gläsern auf den Tisch. „Klar, möchtest du was trinken, Franz?"

„Gern, aber erst zieh ich mich aus."

„Tu das", erwiderte Tanja und schenkte derweil die Gläser voll. Sie hatte nicht das Outfit an, in dem sie üblicherweise in den Club ging. Sie trug ein gelbes T-Shirt und schwarze Hot-Pants, dazu war sie Barfuß. Unter ihrem Shirt trug sie keinen BH. Als er ausgezogen war, setzte er sich nackt auf den gepolsterten Stuhl und nahm ein Glas in die Hand. „Prost", sagte er fast andächtig.

„Prost, Franz. Was möchtest du denn gern machen? Soll ich mich ausziehen?"

„Ja, das wäre toll", frohlockte er. „Und dann würde ich gern an deinen Nippeln saugen."

Tanja zog ihr T-Shirt hoch und warf es aufs Bett. Als sie ihre Pants ausgezogen hatte, stellte sie sich mit wackelnden Brüsten vor ihn hin. Sie baumelten vor seinem Gesicht und er griff nach ihnen als pflücke er Äpfel.

„Herrlich", meinte er nur und knuddelte sich damit im Gesicht. Er vergrub sich darin und sein Kopf war zwischen ihren Brüsten sekundenlang nicht mehr zu sehen. Dann saugte er an beiden Nippeln, als bräuchte er dringend Muttermilch zum Überleben. Tanja sah, dass er hochgradig erregt war. Sein kurzer – aber dicker – Penis schwoll an und stand steil nach oben. „Warte kurz", sagte sie und holte aus einer Schublade eine Tube. „Steh mal auf Franz, ich will dir deinen dicken Pimmelmann mal schön einmassieren."

Er gehorchte wie ein dressierter Affe. Sie entnahm der Tube einen dicken Spritzer Öl und griff an seinen Schwanz. Während er ihre Brüste knetete, massierte sie seinen Sack und wanderte dann zur Eichel hoch. Das war „zu viel" für ihn. Mit einem Seufzer der Erleichterung zwirbelte er noch an ihren großen Brustwarzen, während sein Penis abspritzte, als drücke jemand die Tube einer Sonnenmilch aus. Sie half noch nach, und drückte seinen schlaff werdenden Schwanz aus, wie bei einer gemolkenen Kuh. Zufrieden und glücklich ließ er sich wieder auf den Stuhl zurückfallen, während sie ihre tropfende Spermahand an einem Tuch abwischte. Er sah ihr verzückt zu, wie sie danach ihre Hände wusch. Wenn nur alle Männer so einfach und schnell abzufertigen wären, dachte sie sich, als sie ihr Mineralwasser an den Mund führte und das Glas auf einen Zug leer trank. Dann reifte in ihr ein Plan, den sie zügig umsetzen wollte.

22

Bad Aibling, 11 Uhr, am gleichen Tag

Peter Englert lag im Hallenbad seines Hotels und las in der örtlichen Tageszeitung. Es war am späten Samstagvormittag und zum ersten Mal – während seines Aufenthaltes – regnete es. Neben ihm lagen, wie ein alt vertrautes Ehepaar, Gisela und Herbert, und spielten Schach.

Auf Seite 11, stand ein großer Artikel bei der Rubrik „Überregionales". Mit großem Foto versehen, wurde die Eröffnung des „Mozart-Parks" für kommenden Montag in Salzburg verkündet, den 2. Oktober. Der Gewerbepark eröffnete mit über 100 Betrieben seine Pforten, und nicht nur die üblichen Filialisten und Discounter, waren dort auf über 10.000 Quadratmeter vorzufinden, sondern auch Spielhalle, Nightclub, Disco, Kino und ein Casino waren in dem riesigen Gewerbegebiet angegliedert. Auf der nächsten Seite las er, von einem Bootsunfall auf dem Chiemsee, als ein Kind ins Wasser fiel und in letzter Sekunde von seinem Vater noch vor dem Ertrinken gerettet werden konnte. Auf der „Aus der Region"-Seite, wurde von einem Drogenkrieg berichtet, der zwischen zwei rivalisierenden Gangs aus Oberbayern und Osteuropa zu einer Schießerei, nachts mitten in Rosenheim geführt hatte. Anscheinend gab es einen erbitterten Krieg, um die immer stärker verbreitete Designer-Droge; „Chrystal Meth". Das erinnerte Englert an die Mafiastrukturen im Allgäu, die dort schon seit den 1960er-Jahren die Polizei in Atem hielten. Das idyllische Allgäu war seit über einem halben Jahrhundert, einer der zentralen Europa-

Stützpunkte der Cosa Nostra, die die Justiz ständig beschäftigte. Die Kripo hatte meistens nur kurze Teilerfolge, bevor die Mafia sich wieder reorganisiert hatte.

„Na, du Faulpelz, heute schon Gymnastik gemacht?", fragte Jana, die ihre nasse Hand auf seinen Bauch legte. Sie war im Becken einige Runden geschwommen und trocknete sich vor ihm ab. Für einen geringfügigen Preis, durften die Besucher der Kurgäste, das Hallenbad mit integrierter Saunalandschaft, auch benutzen.

„Klar, siehst du nicht, wie meine Muskeln immer größer und meine Speckschwarten immer kleiner werden?", meinte er grinsend. Er hatte tatsächlich schon fünf Kilo abgenommen in den knapp zwei Wochen die er jetzt hier war.

Sie kniff ihn sanft in seinen Bauchspeck. „Peter, eine Kollegin aus der Wendelstein-Klinik würde dich gerne sprechen. Hättest du Lust, dich mit ihr heute mal zu unterhalten?"

Er zog erstaunt seine Augenbrauen nach oben und sah sie an: „Mich sprechen? Warum, bitte?"

Sie legte sich auf eine Liege und verschränkte ihre Hände hinter dem Nacken: „Nicht sauer sein, Peter. Aber ich hab ihr erzählt, dass du bis vor kurzem Polizist warst. Sie hätte ein Anliegen, um dass sich anscheinend, die hiesige Polizei nicht – in ihrem Sinne – ausreichend kümmert."

„Wie stellt sie sich das vor? Ich kann hier keine polizeilichen Aktivitäten aufnehmen. Ich bin Kurgast und hab kaum Möglichkeiten für irgendwelche Ermittlungen."

„Hör`s dir doch einfach mal an, dann kannst du immer noch entscheiden. Sie ist wirklich verzweifelt, und kennt dich bereits aus den Medien, weil anscheinend dein letzter Fall, auch hier in den oberbayerischen Zeitungen, häufiger für Schlagzeilen gesorgt hat."

„So, so. Aber sie soll sich nicht zuviel davon versprechen, wir können ja mal eine Tasse Kaffee miteinander trinken. Wie heißt sie eigentlich?"

„Jessica Stockmann, und den „Kaffeklatsch" hab ich auch schon ausgemacht, für heute Nachmittag um zwei."

Völlig perplex legte er seine Zeitung auf die Seite. „Na, dann warst du dir ja ziemlich sicher, dass ich „ja" sagen würde. Du bist mir vielleicht so ein Schlingel."

Sie lächelte ihn an und drückte seine Hand. „Nach deinem Verhalten im Tanzcafe war mir sofort klar, dass dich das Schicksal dieser jungen Frauen nicht kalt lässt. Und ich kenn einen Teil von dem, was dir Jessica erzählen wird."

***

Drei Stunden später, saßen Peter Englert, Jana und ihre Arbeitskollegin, Jessica Stockmann, bei strömendem Regen, in der Cafeteria des Hotels.

Jessica war eine junge Frau mit sechsundzwanzig Jahren, einem adretten Kurzhaarschnitt und einer roten Brille mit leicht getönten Gläsern. Sie saß in einem Pumasportdress am Tisch, weil sie im Anschluss noch in einem Fitnessstudio arbeitete.

„Der Grund, warum ich sie unbedingt sprechen wollte, ist folgender, Herr Englert: Auch ich vermisse jemanden aus meinem Umfeld!"

"Wen?", fragte er nur, und sah in ihre größer wirkenden Augen, die sich hinter dicken Brillengläsern versteckten.

„Meine Cousine aus Weilheim. Sie war mit ihrem Freund im Sommer auf einer Bergtour in den Allgäuer Alpen. Sie übernachteten im Hotel Burgmühle in Fischen. Tags darauf verschwand sie aus mysteriösen Gründen, wie einige andere Frauen auch, an diesem mystischen Bergsee. Schrecksee, heißt er, glaube ich. Sie wollten den Jubiläumsweg überqueren, und machten am See länger Rast, aber auf einmal war sie spurlos verschwunden."

Englerts Puls schoß auf über zweihundert. „Wie heißt ihre Cousine?"

„Julia Thalhofer. Ihr Freund hat alles Mögliche unternommen um sie wiederzufinden. Alles umsonst, nicht die kleinste Spur von ihr."

Englert nickte. „Der Name ist mir bekannt, sie ist eine von mindestens zehn Frauen, die dort im Gebirge verschwanden. Der Fall hat mich fast zum Wahnsinn getrieben. Aber, ich weiß beim besten Willen nicht, wie ich Ihnen helfen soll? Bei diesen Vermissten-Fällen hab ich schon im Allgäu versagt. Eine neu gegründete Soko nimmt sich der Sache an, ich bin da raus. Endgültig."

„Aber es geht um viel mehr, als nur diese Entführungen. Ich glaube, da steckt noch einiges dahinter!"

„Inwiefern?"

„Drogen, Korruption, Geldwäsche, Prostitution!"

Englert traute seinen Ohren nicht und Jana saß nur stillschweigend da und hörte zu.

„Nicht böse sein, Jessica. Aber jetzt geht vielleicht die Fantasie etwas durch mit Ihnen. Wie kommen Sie auf alle diese Vorwürfe? Haben Sie konkrete Anhaltspunkte oder irgendwelche Beweise für diese Behauptungen?"

„Keine hieb- und stichfesten, aber sehr gute Kontakte, mit Leuten, die sich in der „Szene" etwas auskennen. Wie ich vorher erwähnte, arbeite ich dreimal in der Woche im „Get Fit", einem gutgehenden Fitnessclub. Dort lernt man viele Leute kennen und nicht nur Schwätzer."

Englert winkte der Bedienung und bestellte noch eine Portion Kaffee. Jessica Stockmann wirkte sehr ernst und glaubwürdig. „Erzählen Sie weiter, Jessica."

„Auch Petra, Tanjas Schwester, trainiert bei uns, und die hat sich in den letzten Tagen mit Alexa, einer weiteren Kollegin, die eng mit Tanja befreundet ist, unterhalten. Die wollen auf eigene Initiative was unternehmen, sie halten die Polizei hier für korrupt, zumindet einen Teil davon. Und wir haben auch einen ehemaligen Polizisten als Fitnessmitglied, der sich in der Szene gut auskennt, der wird Ihnen das alles bestätigen. Sie glauben gar nicht, was hier in den letzten Jahren so alles abging."

„Zum Beispiel?"

„Dass Teile des Polizeiapparates unterwandert sind, nicht nur in Bad Aibling und Rosenheim, sondern auch im Polizeipräsidium München."

„Also, wenn ich an diese dicke, schmierige Qualle von Oberberger denke, glaube ich Ihnen sogar, Jessica. Dem traue ich wirklich alles zu."

„Sehen Sie, der Oberberger ist sogar Stammgast im Rosenheimer Puff, das sind keine Gerüchte sondern Tatsachen. Den haben dort schon einige – privat – gesehen. Und seinen Vorgesetzten scheint das ziemlich egal zu sein, der Typ hat anscheinend einen Heiligenschein und Narrenfreiheit. Kein Wunder, seine Frau arbeitet bei der Kripo Rosenheim."

„Was?", meinte Englert fassungslos. „Wirklich? Als Kripobeamtin?"

„Nein, als Tipse, äh... als Bürokraft, meine ich. Aber, wetten dass, die alles mitbekommt, was sie will?"

„Könnte ich mir sehr gut vorstellen", bekräftigte Englert. „Bei uns im Allgäu hätten sie den widerlichen Fettsack mit Sicherheit schon längst in die Wüste geschickt. Und wie kommen Sie dann auf die Geschichte mit diesen Drogen?"

„Das ist schon seit Jahren bekannt, dass hier immer mehr Drogen gehandelt werden, sogar – nicht in unserem – in manchen Fitnessclubs gab`s schon Razzien. Vor acht Monaten, wurden kiloweise Anabolika und „Chrystal Meth" sichergestellt. Aber, das ist nur die Spitze des Eisbergs! Lassen sie sich das alles von dem Detektiv – er heißt Max Morlock – mal erzählen, der weiß, was hier so abgeht, den wollte die Polizei auch schon kaltstellen, aber der lässt sich nicht einschüchtern. Und jetzt kommt`s: Ich, Alexa, Petra und einige andere, haben uns schon darüber unterhalten. Wir wüssten, wie endlich was vorwärtsginge!"

„So? Na, da bin ich ich ja mal gespannt."

„Sie helfen uns, Herr Englert! Sie haben bestimmt noch beste Kontakte zur Polizei und zum Landeskriminalamt. Und dann, sollten Sie sich vielleicht mal mit dem Detektiv unterhalten, vielleicht könnt ihr gemeinsam mehr erreichen."

„Wenn er denn überhaupt Interesse hat?", meinte Englert skeptisch. „Das sind meistens Einzelgänger."

„Wären Sie denn dabei, Herr Englert? Bitte, sagen sie es mir gleich, wir dürfen nicht mehr länger tatenlos zusehen."

„Wenn sich dieser Detektiv bereit erklärt, dann ja, aber nur im Rahmen meiner – legalen – Möglichkeiten."

Beide Frauen sahen ihn ehrfürchtig wie ein Kaninchen vor der Schlange an. „Ist geklärt, Herr Englert", meinte Jessica. „Wir haben ihn überzeugt, er wartet schon sehnsüchtig auf Ihren Anruf!"

23

Prag, Sonntagnachmittag

Tanja zuckte zusammen, der Wecker läutete wie eine Eieruhr. Es war vierzehn Uhr, und sie rieb sich verschlafen die Augen. Die letzte Nacht verlief weitestgehend ruhig, sie hatte nur einen Gast mit aufs Zimmer nehmen müssen. Er wollte nur sein bestes Stück geblasen haben, was sie dann auch mit Widerwillen tat, bis ihr schlecht wurde. Seit sie hier war, empfand sie immer mehr an Ekel gegenüber Männern und ihren beschissenen Geschlechtsteilen. Wie würde das bloß werden, sollte sie jemals wieder aus dieser Hölle hier, herauskommen? Wäre sie überhaupt noch in der Lage, ein normales Sexualleben zu führen? Es war ihr unbegreiflich, wie andere Frauen in dieser „Branche" damit zurechtkamen. Sie mussten zutiefst abgebrüht, abgestumpft und gefühlskalt sein, anders konnte sie sich das nicht mehr erklären.

Sie lief zum Fenster und sah auf einen bewölkten Himmel hinaus. Sie presste die Nase an die Gitterstäbe und überlegte ob sie schreien sollte. Die Entfernung zur Strasse konnte höchstens sechzig Meter betragen. Von der Altstadt war starker Autoverkehr zu hören. Sie musste sich hier zentral im Zentrum von Prag befinden. Würde es jemand hören, wenn sie jetzt wie am Spieß brüllen würde? Sie formte ihre Hände zu einem Trichter und presste sie ganz eng an das Gitter: „Hilfe! Help me!", brüllte sie aus Leibeskräften. Sie hatte kein lautes Organ und niemand nahm anscheinend ihr Schreien wahr. Doch! Da! Ein junges Paar sah zu ihr hoch und winkte. „Helft mir! Ruft die Polizei!", brüllte sie und ruderte mit den Armen.

Plötzlich wurde die Tür ruckartig aufgestoßen. Tomas und Helena stürmten in ihr Apartment.

„Du dumme Kuh", schrie Helena. „Du hättest es hier so gut haben können. Warum bist du bloß so uneinsichtig?"

Tomas packte sie an den Haaren und schleuderte sie gegen die Wand, an der sie rücklings abrutschte.

„Lass, Tomas! Schlag sie nicht weiter. Mit Hämatomen und geschundenem Körper will sie kein Freier mehr. Wir geben ihr eine andere Strafe."

„Welche?", fragte Tomas.

„Sie kommt eine Nacht in den Keller."

„Was habt ihr vor?", stöhnte Tanja. Sie konnte den Aufprall an der Wand abfedern und spürte nur ein schmerzendes Handgelenk. „Ich mach`s nicht mehr. Ich schwöre es."

„Blöde Tussi! Glaubst du etwa, du wirst hier nicht beobachtet und überwacht? Es sind in deinem Apartment mehrere Wanzen und eine Kamera installiert. So wunderschön versteckt, dass sie nicht zu entdecken sind. Aber ohne Strafe geht`s leider nicht, vielleicht kommst du dann endlich zur Besinnung. Du wirst die nächste Nacht in einem Keller verbringen, nackt, und nur mit einer Schüssel zum reinpissen- und reinscheißen. Und deine „Zimmer-Nachbarn" sind diesmal keine Menschen, sondern Ratten!"

24

Das Wetter am Sonntag in Oberbayern wurde wieder besser. Die letzten Regentropfen fielen irgendwann in der milden Nacht, und am frühen Morgen kam zaghaft die Sonne wieder zum Vorschein. Ideal für eine Fahrt mit dem Schiff, auf dem zweitgrößten bayerischen See, dachten sich Jana und Peter, nachdem sie ihn schön munter geritten hatte, als er sie mit seiner Morgenlatte anlachte.

Um 11 Uhr holte Jana ihn vor dem Hotel ab, dann fuhren sie in knapp dreißig Minuten zur Anlegestelle in Prien. Es war jetzt Anfang Oktober, und dieses Wochenende war das vorletzte, an dem die Schiffe noch starteten. Dann gab es bis Weihnachten eine Pause, bevor das – eingeschränkte – Weihnachtsgeschäft wieder anfing. Schließlich war es eine Touristenattraktion, im Winter auf Schloss Herrenchiemsee zu fahren, denn nicht nur das Schloss, sondern auch ein kleiner, feiner Weihnachtmarkt, sollte die Gäste in der kalten Jahreszeit auf die Insel locken.

Der Andrang hielt sich am Steg in Grenzen. Das Schiff „MS Edeltraud", mit einer Kapazität von gut tausend Fahrgästen, war nur zur Hälfte gefüllt. Im Herbst ließ der Andrang im Vergleich zum Sommer spürbar nach, obwohl die Hotels noch recht gut gebucht waren. Punkt zwölf Uhr, legte das Schiff mit einer bunt gemischten Gästeschar ab, die gut zu einem Drittel aus einer Gruppe Japaner bestand. Es wehte eine leichte Brise und die Wolken lichteten, sodass die Temperatur auf angenehme zwanzig Grad anstieg. Ideales Ausflugswetter.

Englert und Jana wechselten nach wenigen Minuten vom Innenraum auf das obere Deck, um die Fahrt noch intensiver genießen zu können. Nahezu alle Fahrgäste zückten ihre Smartphones und Kameras, als das Schloss kurz vor halb eins in voller Pracht zu sehen. Der barocke Bau des legendären König Ludwig, zählte schließlich zu den meistbesuchtesten Touristenattraktionen in Bayern. Um 12.45 Uhr legte das Schiff am Ufer an. Zuvor hatte der Kapitän über die Lautsprecher verkündet, dass die Rückfahrten um 14.30 und 15.30 Uhr die Einzigen wären, die heute noch stattfänden. Jeder, der sich nicht zeitig einfinden sollte, müsste damit rechnen, auf der Insel zu verweilen.

Jana und Peter verließen Hand in Hand den Steg und sahen

sich nach allen Richtungen um. „Komm, wir gehen in die andere Richtung", meinte Jana, als alle Passagiere einem Hinweisschild, Richtung Schloss folgten. Sie liefen entlang des Strandes und sahen keine einzige Menschenseele. An einem Waldstück zog Jana den ehemaligen Polizisten an einen Baum und küsste ihn lang und fordernd.

„Du willst doch nicht etwa schon wieder bumsen?", meinte Englert nach einer kleinen Atempause.

„Hält dein bester Freund, das nicht mehr durch?", meinte sie grinsend und langte zwischen seine Beine. Englert konnte sich nicht mehr daran erinnern, jemals so häufig Geschlechtsverkehr gehabt zu haben, in so kurzer Zeit.

„Du weißt doch, mein geiles Luder, in deinen Händen wird „Er" immer wieder groß und stark."

Jana sah sich kurz um, öffnete seine Gürtelschnalle und rieb an seinem Schwanz, sodass er wenige Sekunden später in ihrer feuchten Muschi war, als sie blitzschnell ihr Kleid hob. Hart an den Baumstamm gepresst, stieß er bis zum Anschlag zwei Minuten lang zu, bis er sich stöhnend entlud.

„Heut geht nix mehr", meinte er eine Minute später immer noch keuchend, „schließlich bin ich keine dreißig mehr."

„Keine Angst, jetzt gehen wir in die andere Richtung zum Schloss, und danach was trinken." Nachdem sie sich das Sperma abgeputzt hatte, strich sie ihr Kleid wieder glatt, dann liefen sie fröhlich weiter.

Um 15.15 Uhr standen sie wieder am Steg und sahen das herannahende Schiff. Das Schloss war – wie erwartet – imposant und interessant, aber Peter und Jana schauten sich nur oberflächlich in dem Gemäuer um. Sie zogen eine Einkehr bei schönen Wetter und toller Bergsicht, einem Rundgang vor. Pünktlich um 15.30 Uhr legte – nach einer kurzen Prüfung der Passagierzahlen – der Kapitän wieder ab. Nach nur drei Minuten Fahrzeit stockte auf einmal beiden der Atem, als sie sonderbare Schlaggeräusche vernahmen.

„Irgendetwas stimmt nicht mit dem Kahn", meinte Jana und war sichtlich verunsichert. Auf ihren Armen sah Englert die Gänsehaut, die sie fein überzog. Dann gab es auf einmal einen unheimlichen Knall, als ob das Schiff gegen ein Riff gelaufen wäre. Aber es war viel schlimmer: Ein ohrenbetäubender Lärm, wie, als wenn zwei Züge zusammenknallt wären! Nur, war es kein Aufprall, sondern eine Detonation, die die Luft, in einen Taifun aus Regen, mit zersplitterten Teilen verwandelte, die zum Himmel schossen. Die Druckwelle erfasste auch die Passagiere, die wie von einem Katapult in die Luft geschleudert wurden, manche in mehrere Teile zerfetzt. Ein Regen aus Blut, zerstückelten Körpergliedern und Schiffsteilen, prasselte im Umkreis von hundert Metern von der Luft ins Wasser. Der Lärm war um den ganzen Chiemsee und weit darüber hinaus zu hören. Manche Spaziergänger, die um den See liefen, hielten gebannt das Szenario mit ihren Handykameras fest, als der Rest des Schiffes im See versank und das Wasser sich in dunkles Rot verfärbte.

25

Max Morlock blätterte frühmorgens in den „Rosenheimer Nachrichten". Schon wieder ein Bandenkrieg in der City. Langsam aber sicher, wurde die kleine Stadt in Oberbayern immer mehr zum „Brennpunkt". Jetzt verstand er, warum es die beliebte Serie „Rosenheim Cops" schon solange gab, schließlich gab`s hier wahrlich genug zu berichten. Auch im ländlichen Bereich wurden die Verbrechensraten immer besorgniserregender. Und jetzt wollte ihn sogar eine junge Frau mit mehreren Kolleginnen, auch noch engagieren in einem Entführungsfall. Einer – wie auch er fand – äußerst mysteriössen Angelegenheit, die sich in ähnlicher Art und Weise schon im Frühjahr in Bruckmühl zugetragen hatte. Nur redete über diesen Fall kaum einer mehr, weil es sich bei der Vermissten Frau, um eine Ausländerin handelte, die aus Syrien kam. Das wurde weniger „hochgekocht", als bei einer Einheimischen. Traurig, aber wahr. Er war selbst ehemaliger Streifenpolizist, der sich in seinem Dienst bei der Rosenheimer Polizei, oft genug aufgerieben hatte, aufgrund von Streitigkeiten und unendlich viel Überstunden, und das auch noch bei einem beschissenen Gehalt. Und dann wurde schon seit über zehn Jahren darüber gemunkelt, dass einige in der Polizei korrupt seien. Eine Untersuchungskommission aus München hatte über Monate versucht, den Sumpf zu trocknen, aber es wurden keine eindeutigen Beweise gefunden, um den Polizeichef mit einigen „Mittelsmännern" abzusägen, die ebenfalls in Verdacht standen, mit der Gegenseite zu kooperieren. Für ihn aber Grund genug, dem traurigen Haufen den Abschied zu verkünden. Manche Kollegen reagierten verwundert und meinten, er solle sich das sehr gut überlegen, allein schon aufgrund seiner erworbenen Pensionsansprüche. Aber er war sich absolut sicher, das Sinnvollere zu tun, indem er eine Lizenz und Prüfung zum Privatdetektiv absolvierte und – natürlich – mühelos bestand. Mittlerweile waren seitdem drei Jahre vergangen, und er kam ganz gut über die Runden. Vorwiegend Beschattungen untreuer Ehepartner und Überwachungen in Kaufhäusern, wo immer mehr geklaut wurde, das waren seine unspektakulären Hauptaufgaben.

Immerhin konnte er sich seit über einem Jahr eine Bürokraft – auf Teilzeit – leisten, die ihn tatkräftig unterstützte. Sandy Biermann, hieß die fleißige Mittdreißigerin, die alleinerziehend ihr Leben meistern musste. Sein Büro in einem Gewerbekomplex, befand sich hundert Meter vom Kur-Haus entfernt. Fünfundvierzig Quadratmeter, aufgeteilt auf zwei kleine Räume, reichten ihm als Anlaufstelle für seine Kunden, die häufig leicht „getarnt" seine Räumlichkeiten betraten.

Es klopfte und Sandy trat – ohne Aufforderung – ein. Wenn er keine Beratungen führte, hatte er damit kein Problem. Schließlich hatte er keine Geheimnisse vor ihr.

„Chef, die Schwester von Tanja hat eben angerufen. Du erinnerste dich an die Unterredung mit ihr, im Fitnessstudio?"

„Klar, hat sie diesen ehemaligen Kommissar gefragt?"

„Ja, er hat signalisiert, dass er an einer Zusammenarbeit interessiert wäre. Sie fragte, wann sie gemeinsam mit ihm zu dir kommen kann."

Er sah auf seine Rolex. „Bis Samstag bin ich vollgestopft mit Aufträgen. Wenn, dann Sonntagmittag, etwa zwischen 11- und 12 Uhr. Ideal, zum Frühschoppen."

„Okay, Chef. Ich ruf gleich an und frag sie. Ich geb dir in fünf Minuten Bescheid."

Morlock rieb sich die Hände. Endlich mal wieder was anderes, als nur Überwachungen und Beschattungen. Die Probst und einige ihre Freunde und Kollegen, hatten sogar eine „Art Fond" gegründet, um sein Honorar bezahlen zu können. Nicht wie sonst üblich, fünfunddreißig Euro Stundensatz, sondern siebzig. Machten bei acht Stunden täglich, immerhin fünfhundertsechzig, zuzüglich Spesen, Auslagen und sonstiges. Da konnte man wahrlich nicht meckern.

„Okay, Chef", meinte Sandy, zehn Minuten später. „Sonntag, 11.30 Uhr, im Cafe Stadler. Und am Montag reden wir wie versprochen über meine Gehaltserhöhung, gell?"

26

Um 19 Uhr bekam Tanja auf einem Tablett ihr Essen aufs Zimmer. Wenigstens war das Essen gut, das anscheinend täglich von einem Catering-Service gebracht wurde. Wenn Tanja alles richtig gesehen und erfasst hatte, waren in etwa vierzehn- bis fünfzehn Leute in dem Nightclub. Zehn Mädchen – inklusive Helena – und vier- bis fünf Männer, die beiden Rausschmeißer, Ivan und Tomas, mit eingerechnet. Wer das Sagen hatte, oder ob es so etwas wie einen Geschäftsführer hier gab, hatte sie noch nicht herausfinden können. Vielleicht war das hier, einer von vielen Clubs gleicher Machart im ganzen Land? Womöglich befanden sich viele verschleppte Frauen aus Deutschland oder sogar ganz Europa hier? Organisierter Menschenhandel und Zwangsprostitution? Schwarze und Asiaten hatte sie noch nicht gesichtet, zumindest nicht da, wo sie sich bisher aufgehalten hatte.

„Hier, Hähnchenbrust, Reis und Gemüse", sagte Helena, die das Essen zu Tanja brachte. Zehn Minuten zuvor, hatte sich Tanja eine Spritze in die Venen gejagt, da sie wieder Entzugserscheinungen gespürt hatte. „Und, sonst ist alles gut, Tanja?", fragte Helena.

„Ja, alles gut", erwiderte sie und nahm den Deckel von dem Tablett, der das Essen warm hielt.

„Zieh dir einen geilen Fummel an. Du bist in einer Stunde mit Elena an der Bar. Am besten etwas, wo deine Möpse gut zu sehen sind."

„Okay, mach ich. Sag mal, kommen eigentlich auch Pärchen in den Club, bisher sah ich immer nur Männer?"

„Schon, aber in der Minderheit, gelegentlich am Wochenende. Du darfst nicht vergessen, das ist kein Swinger-Club, sondern ein Nightclub mit gelegentlichen, erotischen „Streichel-Einheiten". Die Typen kommen – vorwiegend – hierher, um Pornos und heiße Bräute zu sehen. Wenn ihnen das gefällt, bekommen sie Lust, dann sind sie auch gern bereit, für gewisse Dienstleistungen, gut zu bezahlen, das erhöht natürlich gewaltig den Umsatz. Ab Januar, bieten wir auch "Table-Dancing" an. Du bekommst dazu in den nächsten

Wochen – wie die anderen – noch eine ausgiebige Schulung, fürs Tanzen an der Stange. Wenn du dann keine Lust auf Sex hast, kannst du ausschließlich nur Tanzen und an der Bar – oben ohne – arbeiten. Du siehst, es wird alles Mögliche getan, um die Mädchen hier bei Laune zu halten. Und jetzt iss, damit du zeitig unten bist." Dann verschwand sie.

***

Fünfzig Minuten später trabte Tanja in hochhakigen Pumps die Stufen hinunter. Sie hatte in den letzten Tagen immer wieder auf ihrem Zimmer üben müssen, damit sie auf den hohen Dingern vernünftig laufen konnte. An ihrem zweiten Abend wäre sie beinahe die Treppen runtergestürzt, als ihr Bein leicht nach außen knickte. Es war kurz nach 20 Uhr und noch sehr ruhig im Club. Meistens strömten die Männer erst nach 21 Uhr in den Club. Passend zu den Pumps, hatte sich Tanja für einen schwarzen Lederminirock und ein transparentes, weißes Top entschieden, das vor allem ihre großen Brustwarzen deutlich zur Geltung brachte. Es war schon seit ihrer Teenager-Zeit so gewesen, dass die Jungs fast unentwegt auf ihre großen Warzen und Brüste gestarrt hatten, sodass sie sich bis achtzehn immer geniert hatte, damit zum Baden oder Saunieren zu gehen. Erst mit Anfang zwanzig, konnte sie dann besser damit umgehen und ihr Selbstbewusstsein spürbar steigern. Als sie einmal ernsthaft mit Anfang zwanzig, eine Brustverkleinerung in Erwägung zog, verweigerte ihre Krankenkasse die Kostenübernahme, da sie bis dato, über keine Rückenbeschwerden „geklagt" hatte. Man wies sie darauf hin, dass dies eine kosmetische Operation sei – wie Fettabsaugen – und nicht erstattungsfähig, sofern keine massiven, gesundheitlichen Beschwerden vorlägen. Seitdem hatte sie sich damit abgefunden, und sich – so gut wie möglich – mit ihren Brüsten „arrangiert".

Die Bar war aus Mahagonie und etwa zwanzig Meter lang, in einer geschwungenen Hufeisenform. Um die Bar standen sechzehn Tische, vorwiegend mit zwei- bis drei Stühlen. Vor einer kleinen Tanzfläche in der Mitte des Raumes, waren fünf größere Tische, da gegen Mitternacht häufiger kleine Gruppen kamen. Die Tanzfläche diente nur sporadisch zum Tanzen, sondern war vorwiegend gedacht für Stripteasauftritte oder singende Solo-Künstler. Meistens war dies in Person eines Transvestiten, der mit seiner rauchigen Stimme erotische Balladen sang. Außerdem gab es noch ein halbes Dutzend Bistrotische die überall verteilt im Raum standen, damit die Gäste nicht nur alle an der Bar rumlungerten. An der linken und rechten Seite der Tanzfläche gab es zwei Nischen, die zu den Separees führten. Hier wurde es dann richtig teuer, und die Mädchen wurden eindringlich darauf hingewiesen, mindestens zehn Flaschen Champagner pro Nacht zu verkaufen, die Flasche für bescheidene hundert Euro. Sonstige Kosten von anderen „Dienstleistungen", standen auf einer großen Liste in den Zimmern. An zwei Wandseiten hingen große Flachbildschirme, an denen ab zwanzig Uhr – bis zum Schluß – ständig Pornofilme liefen, auch bei Auftritten. Wenn der Club brechend voll – meistens ab dreiundzwanzig Uhr – , befanden sich in der Regel zwischen sechzig- und siebzig Personen im „Crazy Horse".

Elena und Viola standen schon an der Bar und musterten

Tanjas Outfit.

„Affenscharf!", meinte Viola, die einzige Vollschlanke unter den ganzen Mädls, von denen die Älteste knapp dreißig Jahre alt war. Viola verteilte – geschätzt – auf etwa Eins fünfundsechzig Körpergröße gut hundert Kilo, wobei sie unentwegt behauptete, es seien nur knapp fünfundsiebzig. Gewisse Männer wählten nur sie, aufgrund ihrer üppigen Figur. Jeder Geschmack sollte schließlich bedient werden, betonte Helena immer wieder. Und so, wie es wirkte, war die dralle Viola freiwillig hier, vermutete Tanja, da sie einen ausgesprochen humorvollen und unkomplizierten Eindruck machte. Tanja wusste schon, wo sie mehr aus den Ladys rauslocken konnte; im Keller befand sich – nur fürs Personal – eine Sauna mit Whirlpool, damit sich die Frauen an ihren freien Stunden und Tagen gut entspannen konnten. Tanja wollte sich den Wellnessbereich morgen einmal näher ansehen.

Zuerst standen auf erstmal diese Nacht und der kommende Morgen bevor, wo ein besonderer Gast, ihre ungeteilte Aufmerksamkeit bekommen sollte. Ein bemerkenswerter Gast.

27

Gleisendes Licht.

Er fühlte sich wie ein Engel, der irgendwo schwebte.

Jemand sprach wie aus weiter Ferne zu ihm. Streichelnde Hände strichen über sein Gesicht. Gott? Ein Engel? War, dass das Jenseits? Losgelöst und frei von allen Sorgen?

„Peter, mein Liebling!" Woher wusste Gott seinen Namen? Die Stimme war weiblich, das konnte unmöglich Gott sein. Hatte Jana ihn begleitet? „Peter, geht`s dir besser?"

Er sah klarer. Jana Gesicht befand sich vor seinen Augen, ihre Hände streichelten über seine Wangen. Mein Gott, er lebte! Wie war das möglich? „Was ist passiert?", stammelte er. Immer deutlicher sah er alles vor sich, er lag auf einem Bett.

„Peter, Schatz. Wie geht`s dir? Du hattest einen Kreislaufzusammenbruch", sagte Jana.

„Kopfweh und etwas schwindlig ist mir", stammelte er langsam. „Wo bin ich?"

„Du liegst in einem Gästezimmer vom Hotel Kindl. Vor fünf Minuten ist der Arzt gegangen. Er sagte, dass du jeden Moment aufwachen wirst. Er lehnte eine Einweisung ins Krankenhaus ab. Dein Puls und Blutdruck ist wieder stabilisiert, fast normale Werte. Trink." Sie reichte ihm ein Glas Wasser.

Hastig trank er es auf einen Zug aus. „Wann hat`s mich umgehauen?"

„Vor knapp zwei Stunden. Wir wollten einen Ausflug an den Chiemsee machen."

„Lieber Himmel, ich darf dir gar nicht erzählen, was ich geträumt habe. Explosion, Schiffsuntergang, Leichen. Überall zerschmetterte Tote. Alles blutrot. Grauenhaft."

„Denk nicht mehr dran, Peter, dass war ein Albtraum."

Er richtete sich auf. „Ich hoffe, dass ich das schnellstmöglich vergessen kann."

„Bestimmt, wir haben heute noch was Wichtiges vor. Bis dahin, musst du wieder fit sein und klar denken können."

„Was machen wir?"

„In zwei Stunden haben wir ein ganz wichtiges Gespräch. Du darfst jetzt nicht schlappmachen, Peter, der gute Mann braucht deine Unterstützung."

„Wer? Weshalb?",fragte er. Er spürte, wie seine Energie wieder zurückkehrte.

„Max Morlock, der Privatdetektiv! Er ist schon ganz gespannt darauf dich kennenzulernen. Er glaubt nicht, dass er es alleine schafft. Du musst ihm mit deiner Erfahrung helfen."

Englert ballte seine Hände zu Fäusten und stand auf. Hoffentlich war er für solche Fälle, wirklich nicht schon zu alt und zu schwach. „Verdammt, reiß dich zusammen!", befahl er sich selbst. Was sollte sonst Jana von ihm denken, die wollte bestimmt keinen Schwächling als Mann.

28

Tanja Probst wurde immer müder und hatte Probleme sich zu konzentrieren. Eben hatte sich schon ein Gast darüber beschwert, weil sie ihm falsch rausgegeben hatte, bei der Bezahlung seiner drei Piccollo.

„Alles okay, Tanja?", fragte leicht besorgt Elena, die mit ihr zusammen an der Bar stand. Viola war seit einer Stunde im

Separee.

„Ja, passt schon", erwiderte sie etwas gequält, „ich zieh mir einen Espresso rein, dann werd ich wieder munter."

Sie traute sich nicht Elena danach zu fragen, welche der Mädchen freiwillig hier waren oder gezwungenermaßen. Die Gefahr, dass ein „Maulwurf" das weitergab, war zu groß. Sie konnte definitiv nicht unterscheiden, wer Freund und Feind war.

„Mausi, Lust auf einen flotten Dreier mit uns?", riss sie ein neuer Gast aus ihren Gedanken. Er war eben erst gekommen, lehnte mit einem Ellenbogen lässig an der Bar, und sein Kumpel stand grinsend daneben. Beide waren Anfang Zwanzig und sprachen lupenreines Deutsch. Sie hatten kurzes, blondes Haar und wirkten wie Studenten im 2. Semester. Wahrscheinlich – wie so viele hier in Prag – Tagestouristen oder Pendler, die Grenznah in ein- bis zwei Stunden hierherfuhren zu ihrem Vergnügen. Sie kannte sich schlecht aus im Milieu, aber bestimmt waren hier die „Tarife" um 30 bis 40 Prozent geringer als in Deutschland.

„Ich hab ausschließlich Bardienst bis zum Ende", log sie, in der Hoffnung, dass ihr die beiden Typen das auch glauben würden. Sie hatte absolut keine Lust auf die Bubis, noch dazu war ein „Dreier" bestimmt sehr anstrengend, und in ihrem Zustand bestimmt kein Vergnügen, wenn es denn überhaupts jemals ein Vergnügen war. Nicht nur ihr geistiger Zustand, sondern auch ihr Körperlicher, ließen jetzt kurz nach Mitternacht, immer mehr zu wünschen übrig, zumal ihre Beine in den scheiß Pumps auch immer mehr schmerzten. Gott sei Dank, nach kurzer Unterredung mit seinem Spezl, begnügten sich die Jünglinge mit ihrer Aussage und gafften nach anderen Mädls. Außer ihr, waren noch fünf andere im Einsatz. Eine, Kristina, nahm sich der beiden an und verhandelte wahrscheinlich schon über ihr Honorar. Zwanzig Minuten später betrat ein junger Mann das Lokal und orientierte sich Richtung Bar. Alle Sitzplätze im Club waren mittlerweile besetzt. Mühsam konnte sich der Mann – mit hübschem Gesicht – bis zum Tresen durchdrängeln. An diesem heutigen Tag und Nacht, erschien dieser Mann, Tanja – erstmalig – sympathisch. Erstaunlich, der hat doch bestimmt eine süße Freundin, dachte sie sich, als er einen Pina Colade bestellte.

„Hi, zum ersten Mal hier?", fragte sie ihn, als sie ihm das Glas hinstellte. Hoffentlich war das nicht zu voreilig, aber es hatte sofort den Anschein, als wäre er hocherfreut, selbst nicht mit der Konversation beginnen zu müssen. „Ja, bin mit meiner Mutter hier in der Stadt. Wir besuchen meine Oma. Als ich ein kleines Kind war, sind meine Eltern von Prag nach Hof gezogen, weil die wirtschaftlichen Verhältnisse hier im Land so mies waren."

„Also, sozusagen ein Tscheche?"

„Nicht mehr, seit vierundzwanzig Jahren Deutscher. Auf die doppelte Staatbürgerschaft leg ich keinen Wert. Und du? Ganz neu oder schon lang hier im Club? Ich war hier noch nie. Kenne das „Crazy Horse" nur vom Hörensagen."

Sie glaubte ihm, seine rehbraunen Augen konnten unmöglich lügen, er war bestimmt kein „Spion". Er hatte mittelbraunes, kurz geschnittenes Haar und eine kleine Stupsnase, wie man es eher bei Frauen häufiger sah. Er war bestimmt noch keine dreißig. Er trug eine schwarze Lederjacke, Blue Jeans mit blauem Hemd, und sah eher aus, als käme er gerade von einem Popkonzert oder Kinobesuch. „Bin seit knapp zwei Wochen hier, vorwiegend an der Bar. Ich komme auch aus Deutschland, aus Bad Aibling. Kennst du das?"

Er nippte an seinem Glas. „Klar, gleich bei Rosenheim. Das stand ja wochenlang in den Schlagzeilen, aufgrund dieses schrecklichen Zugunglücks im Winter. Was verschlägt dich denn nach Prag?"

Sie musste aufpassen was sie sagte. Den Typen hier traute sie zu, irgendwo an ihrem Körper oder Klamotten, Wanzen angebracht zu haben, die sie bestimmt nicht so schnell entdecken würde. „Die Abwechslung und die prächtige Stadt", log sie, obwohl sie wusste, dass das extrem unglaubwürdig klang. Aber wenn sich der nette Typ – insgeheim – irgendwelche Gedanken machen sollte, wäre das vielleicht gar nicht so schlecht.

„Cognac!", schrie ein sichtlich angetrunkener Mann, der unvermittelt neben dem jungen Mann auftauchte. Sie schenkte dem Besoffenen hastig einen Drink ein, und hoffte, dass der fette Endsechziger schleunigst wieder verschwand. Das tat er – Gott sei Dank – auch, weil ein scharfer Porno an der Wand zu sehen war, wo fünf Typen gerade eine Frau bearbeiteten. „Übrigens, ich heiße Tanja", sagte sie freundlich, weil sie wissen wollte, wie der nette Typ hieß.

„Marco, freut mich", erwiderte er und reichte ihr sogar seine Hand. Er hatte einen kräftigen Händedruck, trotzdem spürte sie, dass sie angenehm weich und gepflegt war, dass war bestimmt keine Bauarbeiter. Jetzt oder nie! Einer inneren Eingebung folgend, tat sie spontan etwas, dass sie niemals im Leben für möglich gehalten hätte. Eine Frage, bei der sie nicht einmal einen roten Kopf bekam. „Marco, hättest du Lust, mit mir auf`s Zimmer zu gehen?"

Perplex sah er sie an, Erschütterung war aber was anderes. Vielleicht hatte er mit sowas gerechnet, schließlich war sie ja Bardame in einem „Bordellähnlichem" Lokal. Wahrscheinlich war so eine Frage total normal in diesem Gewerbe.

„Äh, ... ja... gern", antwortete er nach sorgfältiger Überlegung. Vielleicht hatte er Angst, nicht genügend Geld dabei zu haben? Solche amourösen Stunden, sind ja in der Regel recht kostspielig. Aber sein Geld interessierte sie nicht.

„Okay, also pass auf Marco; ich sag meiner „Kollegin", dass ich mit dir aufs Zimmer geh. Die müssen einen Ersatz für mich besorgen, das geht aber meistens recht flott. Wenn dann die Kollegin kommt, können wir verschwinden."

„Wunderbar, ich hab Zeit", antwortete er lächelnd, sodass sie seine strahlend weißen Zähne sah.

Hoffentlich macht er „das" nicht mit jeder, dachte sie, als sie zehn Minuten später Hand in Hand aufs Zimmer gingen. „Du kannst dich ruhig schon ausziehen wenn du willst, ich geh derweil schnell auf die Toilette", meinte sie. Ihre Blase war voll und sie musste noch ein Päckchen Kondome mitnehmen vom Bad.

Als Tanja zurückkam, hockte er in Slip und Unterhemd auf dem Bett. „Äh, Tanja, bevor wir weitermachen, muss ich dir noch was sagen, damit du dich nicht kaputt lachst", meinte er sichtlich verlegen.

Sie sah ihn überrascht an. „Na, jetzt bin ich aber mal gespannt, sag jetzt aber nicht, du bist impotent, oder …. hast du vielleicht einen kleinen Schniedel?"

Mit rotem Kopf antwortete er verlegen: „Ja, tatsächlich. Mein Penis ist zu klein geraten." Dann stand er auf und zog seine Unterhose runter. Er hatte nicht übertrieben, Tanja hatte zwar kein Maßband, aber sein bestes Stück war vielleicht vier, maximal fünf Zentimeter. Eine Erektion hatte er keine, wahrscheinlich war er noch viel zu aufgeregt, aufgrund der – für ihn – sehr peinlichen Situation. Tanja störte das nicht, sie kannte das „Problem", aufgrund der Schilderung von Daniela – einer Freundin – von ihr. Die hatte ihr vor drei Jahren, ein ähnliches Geständnis ihres – damaligen – Freundes anvertraut. Verständnis ist sehr wichtig in solch einer Situation, sonst bekommen solche Männer dauerhaft Potenzprobleme, erzählte ihr Daniela damals. Sie zog ihren Rock und Top aus, und beim Anblick ihrer Brüste, die vor seinem Gesicht schaukelten, wurde sein „bester Freund" sofort steif. Dann zog sie ihren Slip aus und spielte an seinem Schwanz, indem sie seine Vorhaut sanft vor- und zurückschob. Genüßlich schloss er die Augen.

„Lieber zehn als dreißig Zentimeter", hauchte sie. „Ich hatte mal eine Affäre (sie überwähnte nicht, dass es Ivan war), der hatte einen Schwanz von mindestens fünfundzwanzig Zentimetern. Ich hab's nicht nachgemessen, aber das Teil war riesig, der kam kaum in mich rein, geschweige denn, unter. Meinst du, dass ist ein Vergnügen, wenn du das Gefühl hast, deine Muschie reißt bald auf? So ein langer

Schwanz haut dir bei jedem Stoß noch an die Gebärmutter, dass du das Gefühl hast, die wird gleich zertrümmert. Glaub mir, Marco, dass ist kein Spaß mehr, sondern eine regelrechte Tortur. Da bevorzuge ich lieber kleine Schwänze, Hauptsache, der Mann kann mit seinem Teil umgehen."

„Na, da bin ich aber beruhigt", antwortete er sichtlich erleichtert, während sie seinen Sack kraulte. Sein Penis stand jetzt steinhart zur Decke. Sie kniete sich vor ihn hin und spielte mit ihrer Zunge an seiner Eichel. Er stöhnte laut auf, während sie ganz aufnahm. Er war zwar kurz, aber sein Umfang war ideal, um ihn in den Mund zunehmen, dachte sie, beim saugen. Als sie spürte, dass er kurz davor war, abzuspritzen, nahm sie ihren Mund weg und griff nach einem Kondom auf dem Bett. „Ich streif dir`s über, dann rammelst du mich von hinten bis es dir kommt."

„Okay", stöhnte er nur und sah zu, wie sie ihm das Kondom überstriff. Dann ging sie wie ein Hündchen auf die Knie, und schob ihm ihren Hintern entgegen. „Stoss ihn rein und knete dabei meine Arschbacken", bat sie ihn.

Keine zehn Sekunden später war er in ihrem nassen Loch. Sie griff mit ihrer rechten Hand zwischen ihre Beine und spielte an ihrem Kitzler, während seine Stöße immer heftiger wurden. Sie merkte, das sie stark zu zittern begann, aber nicht aufgrund der Drogen, sondern weil sich bei ihr was aufbaute. Eine Explosion stand kurz bevor. Ein Aufschrei von ihm, und er entlud sich mit einem letzten harten Stoß, während bei ihr das Kribbeln auch den Höhepunkt verkündete. Während er seinen nassen Schwanz mit dem vollen Kondom wieder rauszog, bekam sie einen heftigen Orgasmus und stöhnte dabei laut auf. Sekunden, die ihr endlos vorkamen, dabei wurde sie von einem heftigen Glücksgefühl durchströmt. Sie hatte beim Anblick von Marco gleich geahnt, dass es heute – nach langer Zeit – endlich wieder Glücksmomente für sie geben würde. Engumschlungen pressten sie ihre schwitzenden Körper aneinander und küssten sich innig, bevor sie sich zehn Minuten später erneut liebten.

29

Ein Stockwerk höher

„Unfassbar", stammelte Helena und hielt sich die Hand vor den Mund. Sie beobachteten das Geschehen einen Stock tiefer mit ungläubigem Erstaunen. Ivan, Tomas und Helena standen um vier große 24-Zoll-Monitore, die das Szenario festhielten. Eben hatte sich das Pärchen vor ihnen auf den Schirmen, zum zweiten Mal geliebt.

Es war zwei Uhr am frühen Morgen, und die Tür ging auf. Ein untersetzter Mann, Mitte vierzig, mit grauem schütterem Haar betrat den Raum. Er trat zu den Vieren und sah auf die Monitore. „Und, wie macht sich unsere „Neue" aus Oberbayern? Habt ihr sie im Griff?"

„Sie ist nicht geeignet, Boss", meinte Tomas.

„Warum?", fragte der Mann. „Verkraftet sie die Drogen nicht?"

„Es geht nicht um die Drogen, Chef", meinte Helena. „Das

Mädchen ist zu emotional für den Job, sie wird es nicht packen in der Branche. Pascal hatte nicht den richtigen Riecher. Genau betrachtet, ist das Mädchen zwar sehr reizend und affengeil, aber halt nur für den Beobachter. Wir werden sie auch mit „Chrystal Meth" nicht auf die richtige Spur bringen, eher geht sie daran zu Grunde."

Der Boss hob seinen Kopf. „Der Typ mit ihr auf dem Bett, wer ist das? War der schon öfter hier?"

„Keine Ahnung", erwiederte Ivan. „ich seh ihn heute zum ersten Mal oder er ist mir bisher nicht aufgefallen."

„Und bei dir, Helena? Ihr Frauen habt doch ein besseres Gedächtnis, zumindest wenn`s um Männer geht?"

„Noch nie gesehen in den zwei Jahren, die ich jetzt hier bin. Bestimmt einer der Touristen, die jedes Wochenende aus Deutschland mit den Bussen ständig angekarrt werden. So wie es aussieht, haben sich die beiden ineinander verliebt, es schaut auf jeden Fall wie tiefste Zuneigung aus. Das könnte gefährlich werden."

„Warum", fragte der Mann.

„Wir hatten erst letzten Monat einen ähnlichen Fall, da wollte der Typ aus Dresden, die Elena mit allen Mitteln hier herausholen. Wenn die Typen sich in eine der Mädl`s verlieben, setzt bei den Idioten doch der Verstand aus. Nur besteht zwischen Elena und Tanja der Unterschied, dass es Elena bei uns ganz gut gefällt, und sie cool und abgebrüht ist, was man von der süßen Tanja in keinster Weise behaupten kann. Schade, eigentlich, ich mag das Mädchen auch, aber auf meine Art."

„Schluss mit der Gefühlsduselei", meinte der Mann eiskalt. „Überlegt euch schon mal, wie wir die Tussi entsorgen. Aber vorsichtig, nicht schon wieder der Chiemsee oder die Salzach."

30

Bad Aibling, Sonntag 11.45 Uhr

Seit einer Viertelstunde saßen Peter Englert, Max Morlock, sowie Jana und Petra im Cafe Stadler zusammen und besprachen, wie sie weiter vorgehen sollten.

„Und Sie glauben, Herr Englert, dass es Parallelen gibt, zwischen ihrem Fall im Allgäu und dem hier?", fragte Morlock.

„So sieht`s aus. Mittlerweile bin ich mir zu neunundneunzig Prozent sicher, dass das kann kein Zufall mehr sein kann. Immer der gleiche Typ Frauen, alle unter dreißig, alle mehr oder weniger, bildhübsch. Irgendwohin werden die Frauen verschleppt, und wenn sie nicht mehr gebraucht werden – oder sich womöglich auflehnen – werden sie getötet und in irgendeinem Gewässer versenkt."

„Das wäre unglaublich, das muss dann ein internationales Komplott sein. Vielleicht stecken nicht nur einige Polizisten, sondern sogar Politiker mit drin? Wäre ja nicht zum ersten Mal, dass da auch hochrangige Beamte ihre Finger mit im Spiel haben. Drogen und Prostitution sind äußerst lukrativ."

„Und, wie wollt ihr dann vorgehen?", fragte Jana. „Ist das

nicht eine Nummer zu groß für euch?"

„Jetzt würde ich erstmal vorschlagen", meinte Morlock, dass wir uns alle duzen. Dieses förmliche Gerede ist eher hinderlich in so einem Fall. Hat jemand was dagegen?"

Keiner hatte einen Einwand.

„Schön", setzte Morlock fort, „dann sehen wir uns mal deine Bilder an, Peter. Gut, dass du die Speicherkarte auf einen Stick kopiert hast, der Oberberger würde sie nämlich bestimmt nicht wieder rausrücken."

Er zog einen Laptop aus seiner Tasche und stellte ihn auf die Mitte ihres Tisches, an dem sie saßen. Außer ihnen, befand sich nur noch ein älteres Ehepaar in dem rustikalen Cafe. Er schob den Stick in den USB-Schacht, und eine Minute später sahen sie Englerts Handy-Bilder.

„Sehr dunkel und unscharf", sagte Morlock enttäuscht. „Ich könnte trotzdem – nach einer kurzen Bearbeitung und Vergrößerung – die Bilder an meinem Drucker im Büro rauslassen."

„Vergrößere mal bitte die Aufnahmen, Max", bat Englert. „Mindestens auf 250 Prozent." Die Aufnahmen wurden zwar größer, aber nochmals pixeliger und unschärfer.

„Schau ihn dir mal genauer an", bat Englert mit Blick auf Jana. „Stell ihn dir mal, mit Sonnenbrille und Mütze vor."

„Warum? Glaubst du, dass ich ihn schon mal gesehen habe?", fragte sie verwundert.

„Wir beide. Ich glaube, das war der Typ, den wir ihn Salzburg an Jennys Tisch sahen. Als wir kamen, verschwand er schleunigst. Bestimmt hat er uns vom Tanzcafe erkannt."

Sie zog ihre Stirn in Falten. „Wir haben ihn doch kaum gesehen, höchstens ein paar Sekunden, und dann aus fünfzig Meter Entfernung. Ich glaube, du täuscht dich, Peter."

Englert wurde zornig. „Ich glaube, du täuscht dich. Größe, Haarfarbe und Figur würden ideal passen. Wir brauchen ein vernünftiges Bild von dem Typen."

„Na, das klingt ja schon sehr vielversprechend. Ruf doch mal den Freund deiner Tochter an", bat Petra. „Wir müssen jeder Spur sofort nachgehen."

„Sie hat recht, Peter. Ruf sie beide gleich an", bekräftigte Morlock. „Wir hören dann über den Lautsprecher mit."

Englert griff zu seinem Mobiltelefon und wählte Jennys Nummer aus dem Telefonbuch seines Handys. „Jenny, hör zu", sagte er eine Minute später. Er stellte auf Freisprechen, das auch alle mithören konnten. „Ist Alex bei dir? Gut, wunderbar, gib ihn mir gleich ans Telefon. Danke. Hey Alex, du folgendes; wer war der Typ mit der Blondine, der dir in Salzburg zufällig über den Weg lief?"

Er legte das Handy auf den Tisch. „Kolli? Er heißt richtig, Kollmannsberger, Pascal Kollmannsberger", erwiderte Alex. „Wir haben zusammen in München studiert. Warum, was ist mit ihm?"

Englert klärte ihn über seinen Verdacht auf. „Traust du diesem Kollmannsberger eine Entführung – oder noch Schlimmeres – zu?"

„Dem traue ich vieles zu, aber Entführung? Ich weiß nicht."

„Was macht der Typ beruflich?", hakte Morlock nach.

„Ich war nicht eng mit ihm befreundet. Nach dem Studium hatten wir keinen Kontakt mehr. Er erwähnte damals nur, dass er eventuell in das Geschäft seines Vaters mit einsteigen wolle. Keine Ahnung, ob er das gemacht hat. Quatsch, er erwähnte ja in Salzburg, dass er seinen Vater besuchen wollte, der soll sich angeblich an dem neuen Einkaufspark bei Salzburg beteiligt haben."

„Was macht der Vater? Unternehmer?", fragte Englert.

„Kann man so sagen. Dem seine Kohle steckt in allen möglichen Unternehmen drin."

„Zum Beispiel?"

„Sonnen- und Fitnessstudios, Thermen, Spielcasinos, und weiß der Geier was."

Englert und Morlock sahen sich an. „Bestimmt auch in Drogen und Prostitution. Wollen wir wetten?", meinte Englert.

„Das finde ich in wenigen Stunden raus", meinte Morlock, der Licht am Ende des Horizonts sah. „Und dann statten wir dem werten Herrn Kollmannsberger Senior, in Salzburg einfach einen Besuch ab. Irgendwo müssen wir ja starten."

Petras Handy klingelte. Sie stand auf, entfernte sich einige Meter und nahm dann den Anruf entgegen. Zwei Minuten später kam sie hektisch und aufgeregt wieder an den Tisch. „Männer! Nix mit Salzburg, sondern in die entgegengesetzte Richtung. Ihr glaubt kaum, was mir gerade ein Mann erzählt hat. Endlich haben wir eine heiße Spur!"

31

Prag, einige Stunden zuvor. 2.30 Uhr

Als Marco Eckstein das „Crazy Horse" in den frühen Morgenstunden verließ, musste er erstmal seine verwirrten Gedanken ordnen. Diese Tanja hatte es ihm angetan. Er hätte es nicht für möglich gehalten, dass er sich jemals in eine Dame aus dem Milieu verlieben würde. Aber ihm war jetzt klar, dass die junge Frau nicht freiwillig in dem Club war. Als er mehr von ihr erfahren wollte, legte sie ihm ihren Zeigefinger auf die Lippen und machte ihm deutlich, dass sie mit hoher Wahrscheinlichkeit abgehört wurden. In dem Apartment waren mit Sicherheit mehrere Wanzen und die ein oder andere Kamera installiert worden. Er musste ihr helfen, egal wie. Im Laufe des Tages – wenn er erstmal ausreichend geschlafen hatte – musste er sich einen Plan zurechtlegen. Ohne Polizei, den den galt in Tschechien – in manchen Städten – als korrupt. Das Nachtlokal befand sich in der Karlsgasse, zwischen dem Rathaus und der weltberühmten Karlsbrücke. Er starrte von der Brücke auf die hell erleuchtete, pulsierende Altstadt, wo noch viele Nachtschwärmer unterwegs waren. Auf dem Weg zu seinem Auto blies Marco eine leichte Brise kühler Wind ins Gesicht. Es hatte stark abgekühlt in den letzten Stunden, und trotz seiner dicken Jacke zog er den Kragen bis zu den Ohren hoch. Die tschechische Hauptstadt hatte die engste Kneipendichte im Land. Kein Wunder, dass nicht nur Touristen, sondern auch viele Einheimische aus dem Umland in die Stadt strömten.

Marcos Fiesta stand auf der anderen Seite der Moldau, etwa einhundertfünfzig Meter von der Karlsbrücke entfernt. Ein merkwürdiges Gefühl beschlich ihn schon beim Verlassen des Lokals, ein anderer Gast – oder Mitarbeiter des Clubs? – lief in die gleiche Richtung wie er. Bestimmt Zufall. Wahrscheinlich stand der Typ am gleichen Parkplatz, in der Altstadt waren Plätze Mangelware. Er blickte sich kurz um und konnte nur einen hochgewachsenen Mann mit Hut erkennen. Als er kurz am Schaufenster eines Antiquitätenladens stehenblieb, blieb auch der Mann etwa fünfzig Meter hinter ihm stehen. Nur, dass dort, wo der Mann stand, weit und breit kein Schaufenster war. Merkwürdig. Wurde er etwa doch verfolgt? Instinktiv griff er in seine Jackentasche, auf der Suche nach einer möglichen Waffe. Nichts, er lief ja auch nie mit einem Messer oder ähnlichem rum, außer, wenn er in den Urlaub fuhr oder eine Bergtour machte. Was sollte man auch sonst mit einem Messer in den Taschen? Schließlich war er ja kein Krimineller, und bei der einzigen Auseinandersetzung seines Lebens, auf einem Jahrmarkt in Hof, hatten seine Fäuste ausgereicht. Er lief langsam weiter und sah aus den Augenwinkeln, das der Mann sich eine Zigarette anzündete und sich auch wieder bewegte. Marco beschleunigte seine Schritte und sah vierzig Meter vor sich endlich seinen Wagen. Wenn der Mann ihn vor dem Fahrzeug noch einholen wollte, müsste er jetzt zum Joggen anfangen, wobei die Distanz zwischen beiden schon deutlich kürzer geworden war. Da kam eine kleine Gruppe Jugendlicher von der anderen Seite auf den Parkplatz zu. Außer Marcos Fiesta, standen noch gut zehn weitere Fahrzeuge an dem schlecht beleuchteten Platz. Marco zog seinen Autoschlüssel aus der Jackentasche und drückte die Fernbedienung. Mit einem leisen Piep wurde die Verriegelung seines Wagens geöffnet. Er wendete kurz den Kopf und sah, dass der Mann mit dem Mantel, keine zehn Meter mehr von ihm entfernt war. Blitzschnell sprang er zu seinem Wagen, öffnete die Tür und schwang sich auf den Sitz. Die Jugendlichen standen jetzt direkt hinter ihm, gafften und lachten. Bestimmt dachten sie, er habe vor ihnen Angst bekommen und suche das Weite. Er sah den Mann im Rückspiegel, der jetzt inne hielt und beobachtete was geschah. Marco ließ den Motor aufheulen, hupte, gab Gas und beschleunigte mit durchdrehenden Reifen nach hinten. Einer der Jugendlichen konnte sich nur noch mit einem Sprung zur Seite retten, sonst hätte ihn Marco mit seinem Heck angefahren. Er legte den Vorwärtsgang ein und jagte mit pfeiffenden Reifen davon. Ein Jugendlicher warf noch etwas – vermutlich ein Stein – nach seinem Wagen, der am Heckfenster abprallte. Im Rückspiegel sah er den Mann, der hastig sein Handy zog. Dann hatte ihn die klare, kalte Nacht verschluckt und er raste davon. Erleichtert griff er an seine linke Brusttasche, wo sein hämmerndes Herz sich langsam beruhigte. Fünfzehn Minuten später befand er sich vor dem Haus seiner Großmutter. Er war ihm niemand aufgefallen, der ihn verfolgt haben könnte. Das Haus lag am Stadtrand von Prag in einer Altbausiedlung. Er schloss auf, schlich aufs Zimmer und war zwei Minuten später im Tiefschlaf.

32

"Marco, wach auf! Faulpelz. Frühstück gibt's." Er öffnete die Augen und sah in das Gesicht seiner Mutter.

"Frühstück? Wie spät ist es, Mama?", fragte er und rieb sich die Augen.

"Fast schon elf. Wann bist du denn heut Nacht nach Hause gekommen?"

Seine Mutter war Anfang Fünfzig und hatte ihr ergrautes Haar, das sie regelmäßig dunkelbraun tönte, zu einem Zopf geflochten. Ihr ursprünglich blondes Haar, wäre jetzt eine Mischung aus grauweißen Strähnen. Monika Eckstein verstand sich hervorragend mit ihrem Sohn, und beide fuhren mindestens einmal im Jahr nach Prag, um ihre Mutter zu besuchen. Barbara Eckstein weigerte sich vor fünfundzwanzig Jahren strikt, mit nach Hof zu gehen, obwohl sie Monika Eckstein – und ihr damaliger Mann – lange beknieten. Aber ihre Wurzeln und ihr Heim waren ihr heilig, trotz wirtschaftlich größter Probleme des Landes. Marcos leiblicher Vater, Martin Eckstein, der seine Mutter während der Schwangerschaft überredete, mit ihm nach Hof zu gehen, wo er auch geboren war, starb, als der kleine Marco, erst vier war und gerade in den Kindergarten kam. Die Erinnerungen an ihn waren weitestgehend verblasst und Monika Eckstein erzählte von seinem Vater meistens dann, wenn sie ihre Mutter besuchten, die "schleichend" immer größere Erinnerungslücken bekam, was die ersten Anzeichen von Demenz waren, was sie aber nicht wahrhaben wollte. Selbst Marco gelang es nicht, seine Großmutter zu überreden, endlich zu ihnen nach Hof zu kommen. Seine Mutter war das einzige Kind seiner Großmutter, und beide wussten nicht, wie es weitergehen sollte, wenn die alte Dame nicht mehr in der Lage war, für ihr tägliches Leben zu sorgen. Wenn es soweit war, müssten sie zwangsweise, die alte Frau nach Franken holen, und danach ihr altes Haus verkaufen, wo sie seit Jahren ganz allein lebte. Zwischen Hof und Prag lagen etwa zweieinhalb Autostunden, mit dem Zug geringfügig mehr.

„Ich weiß gar nicht mehr. Ich glaube, irgendwann zwischen drei- und vier Uhr", antwortete Marco seiner Mutter.

„Na, auf jeden Fall warst du ganz schön erschöpft, wenn du gleich in deinen Klamotten schläfst", meinte sie grinsend.

Erst jetzt sah Marco, dass er in seiner „Ausgeh-Montur" – außer seiner Lederjacke – im Bett lag. „Ja, muss wohl hundemüde gewesen sein", seufzte er. „Habt ihr schon gefrühstückt, Mama?"

„Vor drei Stunden. Du weißt doch, deine Oma kann nicht mehr solange schlafen, die würde am liebsten schon um sechs am Tisch sitzen."

„Ja, klar. Aber ich bestimmt nicht, schließlich ist Sonntag, da schläft man doch wenigstens mal aus."

Er ging ins Bad, duschte, zog danach wieder seine Jeans vom Vortag an, sowie ein frisches Jeanshemd. Kurz darauf, saß er am Tisch, wo immer noch ein Korb mit frischen Brötchen und eine Schale Müsli stand. Beide Frauen gesellten sich zu ihm, als er hungrig das Essen verschlang.

Beide saßen um ihn herum, bis ihn seine Oma auf einmal

fragte: „Hast du eine nette Frau kennengelernt, Marco?"

Nach einem Schluck Kaffee beschloss er, nicht lange um den heißen Brei herumzureden: „Könnte man so sagen, Oma. In Prag gibt's weitaus hübschere Frauen als in Hof."

„Dann zieh doch hierher, Junge. Du findest bestimmt gleich Arbeit. Gute Handwerker wie du (Marco war Gas- und Wasser-Installateur) sind hier sehr gefragt. Und dann kannst du oben die große Wohnung im Dachgeschoss haben, und wenn ich tot bin, das ganze Haus."

Er biss in ein Brötchen und meinte kauend: „Oma, ich verdiene hier nicht mal die Hälfte von dem, was ich in Deutschland bekomme. Außerdem gefällt mir hier das politische System- und die allgemeine Wirtschaftslage nicht. Und sollte ich mal arbeitslos werden, gibt's nur beschissene Sozialleistungen. Nein, danke. Ich versuche dann lieber – wie Vater damals – meine „Zukünftige" mit nach Deutschland zu nehmen. Falls sie mich wirklich liebt, kommt sie auch mit."

Er dachte dabei an Tanja und die Erlebnisse der letzten Nacht. Seine Nase juckte und er musste niesen. Er griff in seine Jeans und hatte auf einmal nicht nur sein – gebrauchtes – Taschentuch in der Hand, sondern auch ein zerknülltes Stück Papier. Er nahm den zeknitterten Zettel in die Hand und öffnete ihn. Dort stand mit zittriger, roter Schrift:

HILF MIR! TANJA PROBST. KONTAKTIERE DIE POLIZEI UND MEINE SCHWESTER PETRA IN KOLBERMOOR. RETTE MICH!

Seine Mutter merkte, wie auf einmal seine Hände zu zittern begannen. „Was ist, Marco? Was steht denn auf dem Papier?"

Er nahm hastig einen Schluck Kaffee, bevor er erwiderte: „Ich erzähl dir`s gleich, Mama. Ich muss sofort zwei Telefonate führen. Oma, ich nehm schnell dein Telefon."

Dann ging er in die Diele und rief die Auskunft an. Gut, das – fast – jeder in Tschechien Deutsch sprach. Er bekam die Nummer von Petra Probst, und die von der Polizeidienststelle in Bad Aibling. Die Polizei rief er zuerst an, dann Petra Probst. Hoffentlich war es noch nicht zu spät.

33

Als Englert und Jana nach dem Treffen das Cafe verliesen, beschlossen sie, noch in die Hotel-Sauna zu gehen. Der Himmel verdunkelte sich immer mehr und ließ Regen erahnen. Das Schwimmbad war von 8- bis 21 Uhr zugänglich, und die Sauna wurde bis zur Wintersaison ab 15 Uhr aufgeheizt. „Jetzt ist bestimmt kaum was los, die meisten gehen erst eine Stunde vor dem Abendessen oder danach", meinte Englert mit Blick auf den düsteren Himmel.

„Ich hab aber gar nichts dabei, weder Badeschlappen noch Bademantel", meinte Jana.

„Kein Problem, die Schlappen und den Mantel kriegst du von mir, und Handtücher gibt es noch und nöcher. Schließlich sind wir hier in einem guten Kurhotel. Da gibt's auch Grander-Wasser zum Trinken ohne Ende."

Er wusste zwar nicht, ob sie die Besonderheit des Grander-Wassers kannte, verzichtete aber auf eine Aufklärung. Eine

Viertelstunde später zogen sie sich in der Garderobe um, die vor den Duschen lag. Sie war sehr klein gehalten, weil die meisten Gäste vom Zimmer direkt mit dem Bademantel die Wellness-Anlage betraten.

Das dreißig Grad warme Schwimmbecken hatte eine Hotel-übliche Größe von vier mal acht Meter, und der dahinterliegende Bereich, bestand aus einer Dampf- und Trockensauna, Farblichtsanarium und einem kleinen Whirlpool für maximal drei Personen.

Als sie aufs Schwimmbecken zuliefen, sahen sie im Wasser eine 80-jährige Frau, die einige Aquagymnastik-Übungen ausprobierte, was sehr grotesk aussah. Grinsend liefen sie an ihr vorbei zur Dampfsauna. Englert hatte Jana einen Bademantel und ein paar zu große geratene Badelatschen mitgebracht, in denen sie schier versank, da er Schuhgröße 45 und sie 39 hatte.

„Besser zu groß geratene Schlappen, als später Fußpilz", meinte sie grinsend dazu.

Außer ihnen befand sich – wie erwartet - niemand in den Sauna-Kabinen, was Jana auf eine – wie er vorher schon vermutet hatte – amouröse Idee brachte. Sie legten Mantel und Schuhe ab und saßen sich in die feuchtwarme Dampfsauna. Beim Anblick seines tropfenden Körpers, fasste Jana an seinen zusammengeschrumpelten Penis.

Ihre fixen Hände brauchten keine zehn Sekunden bis sein „bester Freund" felsenfest zu ihren Brüsten aufgerichtet war. Nicht erst seit heute wusste er, dass diese heißblütige Frau, die geilste war, die er je in seinem Leben kennengelernt hatte. Seine verstorbene Frau hatte nach drei Jahren

Ehe, nur noch sporadisch Lust gehabt, mit ihm die Erotik auszuleben. Aber, das war ja in den meisten Ehen so, dachte er sich, während er merkte, dass es an seiner Eichel zu Kribbeln begann. Mann, er war, seit er diese Jana zum ersten Mal vögelte, geiler, als Nachbars Lumpi.

„Fick mich in den Arsch", hauchte sie ihm ins Ohr, stand auf, beugte sich leicht nach vorn und streckte ihm ihren knackigen Hintern entgegen. Er hielt mit der rechten Hand seinen Schwengel, stützte sich links leicht auf ihrem Gesäß auf, während er sich vorsichtig mit seiner Eichel ihrer Öffnung näherte. Sie war klatschnass, auch in ihren Löchern, und es war ein leichtes für ihn, in sie ruckartig einzudringen. Sie stöhnte laut auf, während er bis zum Anschlag in sie eindrang. Während er hechelnd immer wieder zustieß, hörte er in seiner Erregung und Keuchen nicht, wie sein Handy einen lauten Biepston von sich gab.

SMS. Sie hörte es und grinste, während er grunzte, als er sich in ihr entlud und sie vollspritzte, bis es an ihren Oberschenkeln hinunterlief.

34

Für Max Morlock gab's kein Halten mehr. Er hatte Feuer gefangen, als der Anruf dieses Kerls aus Prag kam. Das war sie, die Spur, die zu Tanja führte. Nur, sollte er das Risiko wirklich alleine auf sich nehmen? Bestimmt nicht, der Auftrag war bestimmt kein Zuckerschlecken, womöglich steckte ein ganzes Kartell dahinter. Mit Englert hatte er so seine Zweifel. Der Mann war zwar mal Kommissar gewesen – was nichts heißen musste – , aber viel zu alt und verbraucht. Er war behäbig und schon über sechzig. Wenn es hart auf hart ging, mit Sicherheit eine Fehlbesetzung für so einen heiklen Auftrag. Nein, das hatte keinen Sinn, er benötigte einen kampferprobten, jungen und zuverlässigen Typen. Jemand, auf den man sich im Notfall auch hundertprozentig verlassen konnte.

Mark Deckert! Er war Trainer im Injoy, einem Fitnessstudio in Rosenheim. Der Einzige, der für so eine Mission mit ihm geeignet war. Er war ein guter Karatekämpfer mit schwarzem Gürtel, hatte einen Waffenschein, weil er noch – nebenberuflich – für ein Sicherheitunternehmen jobbte, und war mit Ende zwanzig, noch ein richtig unkomplizierter, unerschrockener Draufgänger, der auch keiner Wirtshausschlägerei aus dem Weg ging, sofern er blöd angemacht wurde. Auch Morlock hatte ihn schon mehrere Male als „Detektiv" in Rosenheim beschäftigt, da dort schon Jugendbanden im Karstadt die Belegschaft tyrannisiert hatten, bis er Mark einsetzte. Seitdem herrschte dort Frieden.

Als Morlock in seinem BMW saß, griff er zu seinem Handy.

Keine Minute später meldete sich eine rauhe, dunkle Stimme: „Hi, Max, Alter. Was geht ab? Wie viele untreue Ehemänner hast du schon wieder observiert?" Mark war bekannt für seine coolen Sprüche.

„Hi, Mark. Hör zu, ich hätte da einen heißen Auftrag für dich. Da geht's um Brisanteres als Fremdgeher und Kaufhausdiebe. Da kannst du deinen Mut und Geschicklichkeit beweisen."

Mark arbeitete hauptberuflich im Fitneßstudio „Injoy." Gelegentlich besserte er durch kleine Detektiv-Arbeiten sein Taschengeld auf. Auch Trainer in Sportstudios wurden nur mäßig bezahlt, behauptete Mark Deckert immer.

„Ich bin ganz Ohr, Max."

„Diesmal hab ich was wirklich Aufregendes für dich, beziehungsweise, uns. Wir fahren nämlich nach Tschechien und befreien dort eine verschleppte Frau."

„Was? Kein Witz? Die Tussi, die in der Zeitung stand? Wo?"

„In Prag. Ist doch mal was anderes als Oberbayern, oder?"

„Hört sich echt cool an, Mann. Ich war noch nie in Prag. Wann?"

„Sofort!"

„Ey, ich muss aber morgen wieder im Injoy arbeiten."

„Mach krank."

„Was? Dann muss sich dein Auftrag aber wirklich lohnen, Max."

Morlock beschloss, Deckert auf seine „Spesenabrechnung" zu setzen. „Tut er, glaub mir."

„Was springt für mich dabei raus? Aber bitte konkret, Max. Für ein kleines Taschengeld meld ich mich nicht krank."

„Was verdienst du im Injoy?"

„Pro Tag einhundertzwanzig Euro, bei zweiundzwanzig Arbeitstagen im Monat. Dazu Powerriegel und alle Getränke frei. Und gelegentlich Tringeld von manchen Trainierenden. Macht in etwa zweitausendachthundert Flocken im Monat, brutto natürlich, Tringelder nicht eingerechnet."

„Okay, ich schätze, wir brauchen für den Auftrag drei- bis fünf Tage."

„Okay, also sagen wir gleich eine Woche."

„Ja, sollte reichen. Du bekommst das, was du im Injoy im Monat verdienst, für diese eine Woche! Okay?"

„Hört sich gut an, Max, ich ruf gleich den Chef an und melde ihm meinen „Hexenschuss". Wann starten wir?"

„Sofort! Und außer deiner Zahnbürste, nimmst du noch diene Knarre mit. Sicher ist sicher. Und in Prag gibt's ein Geschenk noch obendrauf."

„Welches denn?"

„Einen Gratis-Fick!"

35

Bad Aibling, Polizeidienststelle. Sonntagmittag

Franz Binder hatte – wie fast alle 14 Tage – seinen Wochenenddienst in der Dienststelle in Bad Aibling. Er war vierundfünfzig und seit nunmehr dreißig Jahren im Polizeidienst tätig. Davon die meiste Zeit im schönen Chiemgau. Aber die Zeiten hatten sich geändert, die Atmosphäre war deutlich rauher und kälter geworden die letzten Jahrzehnte. Zwar gab es nicht mehr Delikte als in den letzten Jahren, jedoch nahm die Brutaltät gewaltig zu, auch gegenüber der Polizei. Galt früher noch die Uniform eines Beamten, als Zeichen des Respekts und der Hilfe, wurden mittlerweile auch Beamte von vermeintlich harmlosen und unbescholtenen Bürgern angegangen. Nicht nur verbal, sondern auch immer häufiger körperlich. Franz Binder hatte es vor zwei Jahren am eigenen Leib zu spüren bekommen, als sie zu einem Einsatz gerufen wurden wegen einer Familienstreitigkeit. Beim Schlichten zwischen Sohn und Vater, wurde er von dem 18-Jährigen Sohn attackiert, und mit dem Messer in den Bauch gestochen. Drei Beamte waren nötig, um den jungen Gewalttäter zu überwältigen, dann wurden die Kollegen auch noch von zwei herbe gerufenen Freunden des Jungen attackiert. Er hatte Glück, das keine lebenswichtigen Organe bei dem Stich getroffen wurden, trotzdem war er monatelang außer Gefecht, da nach dem sechswöchigen Krankenhausaufenthalt, noch eine zehnwöchige Reha folgte. Danach hatte er noch Dutzende von psychologischen Sitzungen. Mittlerweile hatte er die Tat wieder einigermaßen verarbeitet, trotzdem würde ihn der Angriff wahrscheinlich noch jahrelang in den Träumen verfolgen. Die verbliebene Narbe machte ihm nichts mehr aus, aber die Angst jederzeit im Außendienst wieder zur Zielscheibe einer Attacke zu werden. Deshalb war er froh, dass ihn Polizeichef Oberberger immer mehr im Innendienst einteilte, weil der den Fall und seine Ängste kannte. Seit einigen Monaten war das Gespächsthema Nummer eins, das mysteriöse Verschwinden einiger junger Frauen, und der zunehmende Bandenkrieg im heißumkämpften Drogenmarkt. Er teilte sich den Wochenenddienst mit acht weiteren Kollegen, von denen allein sechs mit drei Polizeiwagen im Außendienst waren. Erstaunlicherweise kam sein Chef Oberberger vor knapp einer Stunde herein, der laut eigener Aussage – noch mehrere Akten wegen einer Massenschlägerei vor drei Tagen bei einem Volksfest einsehen wollte, um den Staatsanwalt mit detaillierteren Informationen am Montag versorgen zu können. Binder hatte sich schon längst abgewöhnt zu fragen, warum er das ausgerechnet zu dieser Zeit machte, aber solange sein Chef ihn in Ruhe ließ, war ihm das scheißegal. Irgendeinen Grund würde es schon haben, aber in einer Stunde hatte er Dienstschluß, das war nun mal das Wichtigste.

Kurz nach zwölf kam ein Anruf eines sichtlich aufgeregten Mannes herein. Er nahm ab und hörte sich das Anliegen des Typen an, der bestimmt noch keine Dreißig war. Dann legte er den Anrufer kurz in eine Warteschleife, da der Mann partout darauf bestand, seinen Vorgesetzten sprechen zu wollen. „Chef, da ist ein Mann in der Leitung, der hat es wahnsinnig wichtig und besteht darauf, mit dem Chef höchstpersönlich zu sprechen. Soll ich ihn durchstellen?"

„Ausgerechnet jetzt? Warum kann er denn nicht herkommen oder mit Ihnen sprechen? Was will er konkret?"

„Er beteuert steif und fest, dass er wichtige Informationen besitzt von einem Entführungsfall."

Bei Oberberger schrillten die Alarmglocken. Was ging denn hier ab? „Okay, stellen Sie durch, Binder. Und bringen Sie mir in zehn Minuten noch eine Tasse Cappuccino."

„Mach ich, Chef." Dann leitete er den Anruf weiter. Warum sollte er eigentlich erst in zehn Minuten einen Kaffee bringen, das könnte er doch gleich machen? Schließlich dauerte es keine zwei Minuten mit dem neuen Kaffeevollautomat. Außerdem hatte er jetzt eh nicht mehr viel zutun.

Er lief zum Automaten und drückte auf die Cappuccino-Taste, die anderen Sorten mochte sein Chef nicht. Dann lief er mit der Tasse in der Hand zum Büro von Oberberger. Die Tür stand einen kleinen Spalt auf, und er konnte gut hören was gesprochen wurde. Vielleicht wäre es doch besser, er wartete, bis das Telefonat zu Ende war, manchmal konnte sein Chef ziemlich cholerisch werden? Also, dann doch lieber noch kurz vor der Tür warten, das Telefonat ging bestimmt nicht lang.

„Was, aus Prag rufen Sie an? Aus welchem Club?"

Überdeutlich konnte Binder – muckmäuschenstill an der Tür stehend –, das laute Organ seines Vorgesetzten hören.

„Machen Sie ja nichts Unüberlegtes! Haben Sie verstanden? Ich werde sofort die Kripo und einen Kollegen aus Prag kontaktieren, der sich der Sache annimmt. Woher rufen Sie an? Ist das Ihr Festnetzanschluß?"

Stille trat ein. Anscheinend erläuterte der Mann die Gegebenheiten, die Oberberger wissen wollte. Nach einer Minuten Pause dann der Abschluß, als Oberberger sagte: „Okay, ich habe alles notiert, bleiben Sie, wo Sie sind. Wir kümmern uns um alles Weitere."

Dann legte er auf, und Binder brachte die Tasse ins Zimmer. Schweissperlen standen auf der Stirn seines Chefs.

36

Tanja war nach Marcos Abschied nervös an die Bar gegangen und hatte dort die letzten zwei Stunden bis zur Schliessung des Clubs verbracht. Für kein Geld der Welt würde sie noch einen Gast mit aufs Zimmer nehmen. Gott sei Dank endeten die letzten anderthalb Stunden, ohne das sie mit Anfragen behelligt wurde. Hoffentlich hatte Marco die Nachricht schnell gelesen und alles Notwendige veranlasst, damit sie schnellstmöglich hier wegkam. In den frühen Morgenstunden verfiel sie in einen unruhigen Schlaf, und wurde erst durch ein hartnäckiges Klopfen wieder aus ihren unangenehmen Träumen gerissen. Schweissgebadet wachte sie auf und merkte sofort, dass sie wieder Entzugserscheinungen bekam.

Helena betrat das Apartment. „Tanja, wie geht's?", fragte sie, mit einer Spritze in der Hand.

„Die Wirkung lässt langsam wieder nach", antwortete Tanja zitternd

„Hier, setz dir eine. Ich leg sie hier auf den Tisch. Heute ist bei dir auf jeden Fall Entspannung angesagt, du warst sehr fleißig die letzte Nacht."

„Also, frei heute?"

„Genau. Du kannst heute in die Sauna gehen und dich entspannen im Whirlpool. Heute tut keine was, denn Sonntag ist Ruhetag bei uns."

Tanja setzte sich die Spritze an den Oberarm und fragte:

„Kann ich eigentlich auch mal raus hier, zum Beispiel in die City?"

Helena lächelte. „Natürlich, Tanja. Nur nicht heute. Nächste Woche gehen wir dann mal gemeinsam die wunderschöne Stadt ansehen."

Tanja spürte sofort die regenerierende Wirkung der Spritze, als die Flüssigkeit in ihrer Vene war. „Ab wann ist die Sauna geheizt?"

„In einer Stunde - also circa ab 16 Uhr, kannst du runter. Aber mach bitte keinen Unsinn, die anderen Mädls werfen ein Auge auf dich. Übrigens, der Chef hat beschlossen, dass du morgen – vorübergehend – in einem anderen Cub arbeitest. Wir fahren dich so gegen 20 Uhr dort hin, da bekommst du auch ein komfortableres Apartement."

Tanja hob überrascht ihre Augenbrauen: „Anderer Club? Warum?" Das stank doch zum Himmel.

„In der Neustadt ist ein Mädchen erkrankt und muss morgen zum Arzt. Deshalb sind sie unterbesetzt und du wirst dort bis auf weiteres bleiben. Aber keine Angst, das ist ein Table-Dance-Club, dort gibt's keinen Sex gegen Kohle. Das gefällt dir bestimmt. Also, geh zeitig aus der Sauna, dass wir um 20 Uhr fahren können."

„Wer ist wir?"

„Ich, Ivan und Tomas. Also, bis später." Dann drehte sie sich um und verließ das Zimmer.

Tanja sah ihr nach und war sich bewusst, dass sie ahnten, dass sie zu Marco eine größere Zuneigung entwickelt hatte.

Bestimmt wurde sie in den anderthalb Stunden gefilmt oder abgehört, die er bei ihr auf dem Zimmer verbracht hatte. Hoffentlich hatten sie nicht gesehen, dass sie ihm eine Nachricht zukommen ließ. Aber sie war sich sicher, das so geschickt gemacht zu haben, dass auch keine Kameralinse es verfolgen konnte. Aber das was sie gesehen hatten, reichte wahrscheinlich aus, um zu der Erkenntniss zu gelangen, dass sie die falsche Frau am falschen Ort für den falschen Job war. Dieser sontane Abgang hir war mit Sicherheit kein Zufall, man wollte sie aus dem Weg räumen, wie auch immer. Sie durfte jetzt nicht unnötig in Panik verfallen und konnte nur hoffen, dass Marco schnell handelte.

Sie sah auf die Uhr: 16.30 Uhr. Sie stieg in ihren Bademantel und Badeschlappen und lief in den Keller. Der Saunabereich bestand aus einer Trocken- und Dampfsauna, sowie einem Whirlpool der Platz für fünf Personen bot. Drei Mädchen, die sie alle vom Dienst bereits kannte, saßen im sprudelnden Wasser als sie den Saunabereich betrat. Alle starrten sie an und lächelten. Wussten sie bereits, dass man sie aus dem Club loswerden wollte? Auf welcher Seite standen diese jungen Frauen? Vermutlich hatten sie alle Angst, ließen sich aber nichts dabei anmerken. Sie hängte ihren Bademantel an einen Haken, schlüpte aus ihren Schlappen und stieg zu ihnen ins heiße, sprudelnde Nass. Alle grinsten sie an und nickten wohlwollend. Zwei – Trixi und Sabrina – begannen sich angeregt zu unterhalten und fragten Tanja beiläufig, wie es ihr bisher gefiel. Sie wollte nicht länger mit der Neuigkeit hinter dem Berg halten und antwortete: „Eigentlich, ganz gut. Aber vor einer Stunde hab ich von Helena erfahren, dass ich – vorübergehend – in einen anderen

Club in die Neustadt verlegt werden soll. Kennt ihr den Club dort?"

Alle sahen sich – wie abgesprochen – kurz irritiert an und Sabrina erwiderte: „Nein, wir waren bisher immer nur hier. Das muss ein ganz neuer Club sein. Hoffentlich gefällts dir dort und du kommst bald wieder."

„Na, ich lass mich einfach mal überraschen."

Zwei Minuten später stiegen die anderen Frauen aus dem Wasser und stellten sich unter die Dusche. Alle hatten einen makellosen Körper und sehr hübsche Gesichter. Erneut stellte Tanja fest, dass sie den kräftigsten Hintern und größten Busen aller Frauen hier hatte. Sie schloss die Augen, genoss das sprudelnde Wasser und hoffte innigst, dass Marco sie nicht vergass. Fünf Minuten später stieg sie aus dem Pool und ging – ohne zu duschen – in die Dampfsauna. Dort spritzte sie sich mit einem kalten Schlauch ab und saß sich auf die dampfende Bank.

Kurz darauf kam Trixi – eine südländisch aussehende, dunkelhaarige Schönheit – und setzte sich neben sie. „Tanja, ich muss dir was Wichtiges sagen. Behalte es aber für dich, hörst du? Du kannst sonst niemandem hier trauen. Ich hab vorher bewusst nichts im Whirlpool zu dir gesagt."

Überrascht sah sie die junge Frau an. Trixi war geschätzte fünfundzwanzig, sah aber durch ihr jugendliches Gesicht und ein paar Sommersprossen, eher wie neunzehn aus. Konnte sie ihr glauben, vielleicht wollte sie nur ihr Vertrauen erschleichen? „Was musst du mir sagen?", fragte Tanja und sah ihr in die braunen Augen, die von schwaberndem Dampfnebel nur verschleiert zu sehen waren.

Gehetzt sah Trixi zur Tür, um zu sehen, ob sie ungestört blieben. „Hör zu, Tanja. Das mit der „Verlegung" ist eine Falle, es gibt keinen Club in der Neustadt!"

Entweder war Trixi eine exzellente Schauspielerin oder es klang extrem glaubhaft. „Bist du dir sicher, Trixi?"

„Absolut. Vor einem Monat sagten sie das gleiche einer Österreicherin, die bis zum Schluss sehr widerspenstig war." Sie schluckte kurz und fasste Tanja an der Hand. „Wir haben nie wieder was von ihr gesehen oder gehört!"

„Du glaubst doch nicht, das sie…?"

„Getötet wurde…, meinst du?"

„Ja, das meine ich."

„Glaub mir, Tanja, hier ist alles möglich. Mindestens jedes dritte Mädchen, das hier landet, verschwindet auf einmal spurlos, und das bestimmt nicht, weil sie fliehen konnten oder freiwillig gingen."

Tanja bekam eine Panikattake. „Aber sie können doch nicht so einfach diese Frauen alle entsorgen, dass fällt doch auf. Schreitet hier keine Polizei ein? Die müssten doch mitkriegen, wenn hier Frauen auf Nimmerwiedersehen verschwinden."

„Das dachte ich Anfangs auch, aber es wird getuschelt, dass der Geschäftsführer hier – ein Herr Lendl – mit den Bullen gemeinsame Sache macht. Die stecken hier alle unter einer Decke, ein Teil der städtischen Polizei, gilt als total korrupt. Die werden beschissen bezahlt, und sind für großzügige „Spenden" immer zu haben."

„Mein Gott, wo bin ich nur hier reingeraten? Womit hab ich das verdient? Warum lehnt sich keine diese Frauen hier auf?"

„Die, die es machen, Tanja, sind tot! Oder, man lässt sie im Kellerverließ solange vor sich hin vegetieren, bis ihr letzter Verstand völlig hinüber ist. Und der Rest besorgt diese verdammte Designerdroge."

„Und, willst du hier auch raus, Trixi? Wie lang bist du schon hier?"

„Zwei Monate länger als du. Ich hab auch schon mal eine Flucht probiert, dann haben sie mich fünf Tage bei Wasser und Brot in den Keller gesperrt, mit hungrigen Ratten als Nachbarn. Aber ich gebe nicht auf. Ich weiß, dass du alles unternehmen wirst um hier zu fliehen. Lass es uns gemeinsam machen, zusammen sind wir stärker."

Sollte sie Trixi über das Erlebnis mit Marco aufklären? Noch nicht, beschloss sie, aber sie glaubte dem Mädchen. So schlecht konnte ihre Menschenkenntniss doch nicht sein, obwohl sie auf diesen Pascal auch reingefallen war. „Okay, Trixi, was schlägst du vor?"

„Wir werden heut abends – vermutlich – gemeinsam im Auto sitzen! Ich wollte es vorher nur nicht vor den anderen sagen, aber zu mir sagten sie auch, dass eine „Verlegung" besser wäre. Sie wollen uns später beide beseitigen, Tanja. Wir müssen uns wehren zum richtigen Zeitpunkt. Ich habe eine Waffe!" Sie sah wieder gehetzt zur Tür.

„Welche?"

„Ruhe!", zischte sie und legte den Zeigefinger auf ihre Lippen. „Miriam kommt, die ist mit größter Vorsicht zu geniessen. In genau dreißig Minuten wieder hier drin, okay? Ich verschwinde jetzt. Bis gleich."

37

Um neunzehn Uhr regnete es in Strömen, als Marco mit seiner Mutter eine hitzige Diskussion führte.

„Lass uns doch bitte früher fahren, Marco. Warum sollen wir noch zwei Stunden warten? Bei dem Scheißwetter können wir nicht so rasen, da hab ich Angst. Außerdem will ich nicht so spät daheim sein, ich muss morgen um halb sechs aufstehen, das weißt du doch."

„Nur noch bis 20.30 Uhr, Mama. Dann beginnt Tanja mit ihrem Dienst, vorher kann ich den Club nicht betreten. Ich bringe ihr nur was vorbei, während du kurz im Auto auf mich wartest. Das dauert maximal zehn Minuten, dann können wir losdüsen. Ich rase nicht, und du wirst sehen, auch bei strömendem Regen sind wir spätestens um 23 Uhr wieder in Hof."

Monika Eckstein wusste, dass es keinen Zweck hatte, ihn umzustimmen. Ihr war bewusst – nachdem er ihr von seinem Erlebnis im Crazy Horse erzählt hatte – , das er sich in die junge Frau hoffnungslos verliebt hatte. Und er war der Fahrer, sie hatte keinen Führerschein. Außerdem wäre sie sowieso niemals allein nach Hause gefahren. „Gut, Marco. Aber du musst mir versprechen, dass du nur wenige Minuten bei ihr bleibst. Wenn du länger als zehn Minuten brauchst, fahr ich mit der S-Bahn zum Hauptbahnhof und fahr mit dem Zug heim", log sie.

„Ich versprech`s dir hoch und heilig, Mama. Ich muss ihr nur meine Adresse und meine Handynummer geben, das habe ich in der Aufregung ganz vergessen." Ihm war bewusst, dass seiner Mutter die „Sache" sehr suspekt vorkommen musste. Eine Bekanntschaft, und noch dazu aus einem Nightclub, das konnte nichts Gutes verheißen. Er kannte ihre konservativen Ansichten, vielleicht war sie deshalb schon seit Jahren solo.

„Ich hab euch hier noch zwei Wurstsemmel und eine Tafel Schokolade mit rein in den Beutel", meinte seine Großmutter und drückte ihm eine Tüte in die Hand.

Da klingelte sein Handy und er ging eilig aus dem Wohnzimmer. Die Nummer kannte er nicht, trotzdem nahm er den Anruf an. „Marco Eckstein."

„Hallo, Marco", meldete sich der Anrufer. „Hier spricht Max Morlock aus Bad Aibling. Privatdetektiv!"

Marco fiel ein Stein vom Herzen. Hilfe aus Oberbayern?

„Hör zu, Marco. Petra, die Schwester von Tanja, hat uns von deinem Anruf berichtet. Wir sind seit zweieinhalb Stunden auf der Autobahn unterwegs, Richtung Prag. Wir wollen Tanja aus diesem Schuppen holen, dazu wäre deine Unterstützung sehr hilfreich."

„Gott sei Dank, Sie schickt der Himmel! Ich bin gerade auf dem Weg zu dem Club, um zwanzig Uhr öffnet er."

Die Verbindung wurde kurzzeitig schlechter, bevor Marco wieder klar den Anrufer hörte. „Marco, tu nichts, was dich in Gefahr bringt, hörst du? Die Typen sind bestimmt sehr gefährlich. Warte auf jeden Fall bis wir da sind. Mein Navi sagt uns, dass wir gegen 20.10 Uhr am Club sind, vorausgesetzt, es kommt nichts dazwischen. Warte dort in der Nähe des Eingangs auf uns, wir sagen dir dann, wie wir vorgehen. Ich komme mit einem silbernen 3er-BMW, mit dem Rosenheimer Kennzeichen „RO-S-2380". Hast du mich verstanden?"

Marco sah auf die Uhr: Es war jetzt 19.41 Uhr. „Alles klar. Ich warte ab 20 Uhr, unmittelbar vor dem Eingang. Ich trage eine schwarze Lederjacke und gelbes Cappy, das sieht man auch im Dunkeln." Dann brach die Verbindung ab.

38

19.45 Uhr. „Lass uns fahren, Mama", meinte Marco, sichtlich nervös. „Wir brauchen etwa zehn Minuten zum Club."

Sie nickte. Nacheinander umarmten sie seine Großmutter, die anscheinend gar nicht genau wusste, um was es überhaupt ging. Aber das war bestimmt besser so. Sie liefen eilig zu seinem Wagen und brausten los bei starkem Regen. Marco zitterte leicht, wahrscheinlich das Adrenalin, das sich immer stärker bemerkbar machte.

Es war kaum Verkehr auf den Straßen und sie schafften die anderthalb Kilometer – trotz zwei Ampeln – in knapp sechs

Minuten. Es stand nur ein alter Opel Omega unmittelbar vor dem Club-Eingang, der wahrscheinlich einem Anwohner gehörte. Sonst war alles wie ausgestorben. Marco stellt sich hinter den Omega und sah seine Mutter an. „Noch drei Minuten bis acht, ich steig schon mal aus, der Club wird gleich aufmachen."

„Hier nimm meinen Regenschirm, sonst wirst du noch klatschnass", meinte seine Mutter und suchte sich einen Sender am Autoradio. „Und, bitte: Beeil dich und pass auf! Wer weiß, was sich dort für Gesindel rumtreibt."

„Okay, mach ich. Bis gleich." Er spannte den Schirm auf und sah die ersten beleuchteten Fenster. Noch drei Minuten bis acht Uhr. Er beschloss, den Gebäudekomplex einmal zu umlaufen, damit die Zeit verging. Als er das Haus halb umrundet hatte, stand er vor einer Schranke. Wahrscheinlich der Personal- und Lieferanteneingang, mutmaßte er. Neben der Schranke, war ein kleines Kästchen mit einem Schlitz und Lautsprecher angebracht. Mittig war ein weißer Knopf, der wahrscheinlich signalisierte, das ein Fahrer vor der Schranke stand. Eine Kamera konnte er nicht entdecken. Dann beobachtete er, dass sich auf einmal die Tür des Hintereingangs öffnete. Er spannte den Schirm zu und presste sich instinktiv in einen schmalen Mauerspalt, zwei Meter neben der Schranke. Wer ihn jetzt sah, würde wahrscheinlich einen Einbrecher vermuten. Zwei Männer und zwei Frauen kamen durch den Ausgang. Links der Tür, ging ein abschüssiger Weg in den Untergrund oder Keller. Es war eine Tiefgarage, aus der jetzt ein blauer VW Touran schoss. Er hielt unmittelbar neben den Vieren. Am Steuer saß eine junge Frau, die irgendetwas zu einem der beiden Männer sagte. Erst jetzt erkannte Marco eine der beiden Frauen, trotz deren dunkler Bekleidung mit Kapuze und strömendem Regen. Tanja! Die andere Frau war einen halben Kopf kleiner und wurde von einem Hünen auf den Rücksitz gedrängt. Dann nahm er neben ihr Platz und Tanja setzte sich rechts von ihm hin. Die Fahrerin stieg aus und nahm auf dem Beifahrersitz Platz, während der Kleinere der Männer das Steuer übernahm. Er huschte schnell von dem Mauerspalt weg, sonst würden sie ihn sehen, wenn sie vor der Schranke standen. Marco verkroch sich gebückt hinter ein Gestrüp, das gut fünf Meter von der Schranke entfernt war. Hier war er von der Innenseite des Hofes unmöglich auszumachen. Er musste schleunigst zu seinem Wagen, damit er ihnen hinterherfahren konnte. Hier lief irgendetwas Merkwürdiges ab, was bestimmt nichts Gutes verhieß. Der Touran näherte sich der Schranke und Marco machte sich sprintklar. Es durften keine zehn Sekunden vergehen bis er bei seinem Wagen war, sonst würde er die Verfolgung nicht mehr aufnehmen können, weil er dann nicht sah, wo sie hinfuhren. In dem Moment als er zum Sprint ansetzte, blieb sein Herz einige Sekunden stehen, als plötzlich zwei große Männer vor ihm standen, die ihm den Weg versperrten. Mein Gott, die beiden würden ihn fertigmachen! Als er den Klang der Stimme, von einem der beiden Männer vernahm, fiel ihm ein Stein vom Herzen.

„Marco Eckstein?", klang es extrem oberbayerisch.

„Ja, Max Morlock, oder? Sie schickt der liebe Gott zum richtigen Zeitpunkt. Irgendetwas Übles spielt sich hier ab, wir müssen sofort die Verfolgung aufnehmen. Eine der Frauen in dem Touran ist Tanja!"

„Okay, komm. Da vorn steht mein BMW. Schnell, sonst verlieren wir sie."

Der Touran passierte die Schranke. Gott sei Dank stand Morlocks BMW keine zwanzig Meter davon entfernt. Marco schmiss sich auf den Rücksitz, und bevor der zweite Mann die Tür zuknallte, gab Morlock schon Gas und jagte davon. Der Touran konnte nach dem Passieren der Schranke, noch nicht sofort in den fließenden Verkehr einfädeln, weil er zwei vorbeifahrende PKW`s vorbeilassen musste. Das reichte, damit Morlock aufschließen konnte. Nur ein roter Skoda und ein blauer Toyota Corolla trennte sie, was aber nur von Vorteil war, so viel die Verfolgung nicht auf.

39

Monika Eckstein ahnte, dass irgendwas nicht stimmte. Es war jetzt kurz nach acht, und der Eingang war immer noch nicht geöffnet. Und von Marco war weit und breit auch nichts zu sehen. Wo trieb sich der Junge rum? Hoffentlich machte er keinen Unsinn, der ihn unnötig in Schwierigkeiten brachte. Zur Beruhigung nahm sie einen Traubenzucker, und hörte dazu die Klänge von den „Fantastischen Vier". Sie fasste einen Entschluss, falls ihr Sohn bis spätestens zwanzig nach acht nicht wieder am Fahrzeug sein sollte: Sie würde die Polizei anrufen, aber nicht die Tschechische, sondern die Deutsche in Oberfranken. Wobei ihr bewusst war, dass bis die kam – wenn sie überhaupt kam – konnten Stunden vergehen. Und bis dahin, konnte ihr Sohn wieder auftauchen und sie würde sich womöglich lächerlich machen. Was für eine Schnapsidee! Sie hätte sich einfach nicht auf diesen „Besuch" hier einlassen dürfen, sie hatte gleich ein beschissenes Gefühl dabei.

Sie zuckte zusammen, als plötzlich jemand an das Beifahrerfenster klopfte. Bei dem Regen würde sie bestimmt nicht die Scheibe runterlassen, dann könnte sie sich ja gleich unter die Dusche stellen.

„Was wollen Sie?", fragte sie so laut, in der Hoffnung, der Mann – vielleicht vierzig – konnte sie trotz des prasselnden Regens hören. Er starrte sie nur an und fuchtelte mit dem rechten Arm in der Luft. Sie wiederholte die Frage noch einmal, diesmal auf Tschechisch.

„Der Mann, der dieses Auto fährt, ist doch ihr Sohn, oder?", brüllte der Mann in astreinem Deutsch ohne Dialekt. Sie sah in sein nasses Gesicht, das von einer großen Nase und hohen Wangenknochen geprägt war. Er trug einen Hut, an dessen Seitenränder das Wasser runterplätscherte wie bei einer Dachrinne.

„Ja, stimmt. Was ist mit ihm?", fragte sie ängstlich.

„Sie sollten ihm helfen, er ist an der Treppe vom Hintereingang gestürzt. Ich glaube, er hat seinen Fuß gebrochen."

Panik durchflutete Monika Eckstein. „Was? Wo? Warum helfen Sie ihm dann nicht?" Verdammt, sie musste aufstehen und zu ihrem einzigen Sohn. Sie legte den Gurt ab, der bis jetzt immer noch um ihre Brust gespannt war. Sie öffnete die Zentralverriegelung und warf die Autotür auf. Der verhängnisvollste – und letzte – Fehler ihres Lebens. Bevor sie noch richtig stand und dem Mann ins Gesicht blickte, sah sie trotz des starken Regen etwas Glänzendes. Obwohl alles dunkel und düster war, sah sie das blitzende Metall in der Hand des Mannes. Ihr Hirn registrierte, das es ein Messer war. Bevor sie jedoch schreien konnte, stieß der Mann mit brachialer Gewalt damit in ihren Kehlkopf. Mit vor Entsetzen geweiteten Augen fasste sie an ihren sprudelnden Hals, wo das Blut rausspritzte wie bei einer Wasserfontäne, während der Mann mit langsamen Schritten wieder in der Dunkelheit verschwand.

40

Als der VW Touran die Schranke passierte, sahen sich Tanja und Trixi kurz an. Nachdem sie sicher waren, das sich in der Dampfsauna keine Wanze befand, hatten sich sich bei ihrer zweiten Unterredung einen Schlachtplan zurechtgelegt. In den – vermutlich – wenigen Minuten die sie im Auto saßen, mussten sie zuschlagen. Nicht mit der Faust, das wäre zu wirkunglos bei den kräftigen Kerlen, sondern mit zwei „Waffen", die sich Trixi besorgt hatte, und eine davon Tanja gab. Eine Nagelfeile und einen Korkenzieher von der Bar. Gemeinsam hatten sie beschlossen, bis auf circa hundert zu zählen, dann würde Trixi husten und beide wollten gleichzeitig zustossen. Ihnen war bewusst, dass es vermutlich ihre einzige Chance war, um ihrer „Entledigung" zuvorzukommen. Der Wagen reihte sich in den fließenden Verkehr ein, und beide waren beim Zählen bis vierzig angelangt. Sie fuhren Richtung Karlsbrücke, überquerten sie aber nicht, sondern fuhren unmittelbar vor der Brücke, rechts Richtung „Haus der Künstler". Während des Zählens warf Tanja immer wieder einen Blick in den rechten Seitenspiegel den sie gut einsah. Da stockte ihr der Atem: ein BMW mit Rosenheimer Kennzeichen, wenn sie sich nicht getäuscht hatte. Nein, jetzt sah sie es sicher auf den zweiten Blick. Er fuhr hinter einem Skoda, der jetzt aber an der nächsten Kreuzung abbog. Hoffnung keimte wieder auf und bestärkte sie bei ihrem Vorhaben, hoffentlich war Trixi der Wagen auch aufgefallen. Siebzig - einundsiebzig - zweiundsiebzig - gleich war es soweit.

Iwan murmelte etwas zu seinem Kumpel Tomas, der unwirsch drauf reagierte.

Dann passierte etwas Unvorhersehbares: Zwei Jugendliche liefen fast provozierend langsam über die Hauptstrasse, und scherten sich einen Dreck um die wenigen vorbeifahrenden Fahrzeuge. Tomas fluchte und hupte, die Entfernung zu den beiden, betrug vielleicht noch etwa siebzig Meter. Sie befanden sich kurz vor einer Brückenüberquerung, auf Höhe der Universität Karlova.

Sechsundachtzig - siebenundachtzig - achtundachtzig.

Der Abstand zu den Kids, betrug noch maximal dreißig Meter. Wenn Tomas jetzt nicht auf die Bremse trat, musste er scharf nach links ausweichen auf den Gegenverkehr, sonst würde er frontal in die Teenager hineinrasen. Fünfundneunzig - sechsundneunzig - siebenundneunzig.

Trixi hustete laut. Action!

Mehreres geschah gleichzeitig auf einmal: Tomas schlug unmittelbar vor den Jugendlichen das Steuer scharf nach links. Das hatte zur Folge, dass der Wagen auf der regennassen Straße ins Schlingern geriet. In diesem Augenblick hustete Trixi, und die beiden Frauen zogen blitzschnell ihre Waffen aus den Jackentaschen. Fast gleichzeitg trafen sie ihre Ziele. Trixi – mit der Nagelfeile – traf Tomas den Fahrer, mit einem Stich unterhalb seines rechten Auges. Tanja traf den neben ihm sitzenden Iwan, mit der Spitze des Korkenziehers unterhalb des Kinns. Beide brüllten, und auch Jana, die das Blut spritzen sah, schrie hysterisch auf. Aufgrund des Stiches verlor Tomas die Kontrolle über das Fahrzeug, und Iwan versuchte verzweifelt von hinten – trotz seiner blutenden Wunde – , nach vorn an das Lenkrad zu greifen. Ein unmögliches Unterfangen, da Tanja ein zweites Mal in sein Gesicht stach. Diesmal traf sie ihn unterhalb der Schläfe so hart, dass sich der Korkenzieher verkrümmte. Er heulte wie ein angeschossenes Tier und presste seine Hand auf die spritzende Wunde. Dann flog der Wagen, wie von einem Kran gehoben von der Strasse, und segelte führungslos auf die Uferseite der Moldau zu, wo er sich überschlug und einen Hang hinunterkugelte, bis er unten vor dem Ufer des Flusses auf dem Dach liegend stehenblieb.

***

Atemlos verfolgten Morlock, Deckert und Marco das unglaubliche Geschehen. Aber der Unfall konnte nur zu ihrem Nutzen sein, vorausgesetzt, das den Mädchen nichts dabei passiert war. Als das Fahrzeug wie von einem Katapult geschleudert in der Luft lag, und Sekundenbruchteile später den Uferhang hinunterrollte, hatte nicht nur Marco die schlimmsten Befürchtungen.

„Wir halten da vorn an der Bushaltestelle", schrie Morlock, der als Erster wieder zu seiner Sprache gefunden hatte. Er scherte in eine Bushaltestelle, in der vermutlich am heutigen Abend keine Linie mehr verkehren würde. Dann stiegen sie, wie von der Tarantel gestochen aus dem Wagen, und rannten zur Uferseite der Moldau, wo der Wagen zerbeult und rauchend auf dem Dach stand. An einer grasbewachsenen steilen Böschung, mussten sie vorsichtig den Hang hinunterlaufen, um zum demolierten Auto zu gelangen. Ein falscher Schritt, und es bestand für jeden der Männer die Gefahr, selbst den nassen, zwanzig Prozent steilen Abhang hinunterzurutschen. Vorsichtig mit den Händen abstützend, tasteten sie sich hinunter, und sahen vierzig Meter vor dem Wagen, einen kurzgeschorenen, blonden Mann, der sich blutüberströmt aus dem Wagen quetschte. Trotz seiner muskulösen Körperfülle gelang es ihm, sich Zentimeter um Zentimeter aus dem zersplitterten Fenster hinauszuwängen. Als sie sich etwa fünfzehn Meter vor dem Fahrzeug befanden, war der verletzte Mann fast komplett aus dem Wagen und lag erschöpft am Boden. Trotz der Dunkelheit und des andauernden Regens, sah Marco auf einmal etwas Glänzendes in seiner Hand funkeln: „Eine Waffe! Vorsicht, Männer! Er ist bewaffnet", brüllte er wie am Spieß.

Anscheinend sahen Morlock und Deckert es auch, und zogen ebenfalls eine Waffe aus ihren Jacken heraus. Sie befanden sich keine zehn Meter mehr vor dem demolierten Wrack. „Waffe weg!", schrie Morlock, aber der Mann ignorierte es und entsicherte, dann kugelte er sich gleichzeitig auf dem Grasboden. Er richtete die Waffe in Richtung der

Stimme, die er trotz seines blutenden Schädels wahrgenommen hatte. Deckert wuste im gleichen Augenblick, dass sie keine weitere Sekunde mehr zögern durften, sonst fingen sie sich womöglich selbst eine Kugel ein. Sein jahrelanges Training auf dem Schießplatz zahlte sich aus: Kurz hintereinander, ballerte er dreimal auf den blonden Hünen. Zwei seiner Schüsse trafen; eine in die Schulter, die zweite Kugel riss einen Teil der Stirn weg. Nur ein kurzer Aufschrei war zu hören, dann liefen sie langsam – immer noch mit den Waffen im Anschlag – auf den reglosen Mann zu. Verrenkt und in einer immer größer werdenden Lache Blut, war der Mann nicht mehr wiederzuerkennen. Deckert hatte ganze Arbeit geleistet.

„Der fährt nie mehr einen Wagen", meinte Deckert, während Morlock und Marco vorsichtig um den Wagen liefen.

Aus dem Wageninnern vernahm Marco ein Stöhnen: Tanja! „Gott sein Dank, sie lebt! Wir brauchen sofort einen Notarzt", flüsterte er fassungslos und zog sein Handy.

Morlock schlich mit der Waffe in der Hand um den Wagen, beugte sich und sah hinein. Ein weiterer Mann – bewegungslos – und drei Frauen, eine davon zerquetscht – in einem zerplitterten Blutregen. Dann entdeckte Marco „seine" verletzte Tanja auf dem Rücksitz. Sie blutete an der Stirn, hatte aber ihre Augen geöffnet. „Ich wusste, dass du kommen würdest, Marco", stöhnte sie, als sie sein Gesicht erkannte. „Jetzt wird alles wieder gut." Dann sackte ihr Kopf zur Seite. Aus weiter Ferne hörten sie Sirenen.

41

Bad Aibling, Montagvormittag

Englert war stinksauer als er erfuhr, dass Morlock und sein Kollege, ohne ihn nach Prag gefahren waren. Der Typ wollte wohl den Helden spielen, oder er war einfach nur gierig auf das recht großzügige Honorar, das man ihm versprochen hatte. Anscheinend hielt man es – trotz der Besprechung – nicht für nötig, ihn über alles einzuweihen. Was er noch mitbekommen hatte, war, dass Morlock sofort zweitausend Euro als Vorschuß bekommen hatte, aufgrund seiner – wie er es formulierte – hohen Anlaufkosten, obwohl Prag ja wesentlich günstiger als Deutschland ist. Aber bei den meisten Privatdetekteien waren Vorschüsse in drei- bis vierstelliger Höhe nicht unüblich.

Wie auch immer, man hatte ihn ausgebootet. Wahrscheinlich nahm Morlock an, dass er für die „Mission" bestimmt schon zu alt wäre, anders konnte er sich das nicht erklären.

„Nimm`s nicht persönlich, Peter", versuchte Jana ihn aufzumuntern, die Sache wird bestimmt extrem gefährlich. Warum willst du dir das noch antun?"

Sie hatte Recht, wer weiß wie die Sache ausging. Morlock und Co. könnten seine Kinder sein Söhne sein, dachte er sich bei einer Tasse Kaffee, mit Jana auf der Terrasse des Hotels. Es war bewölkt, aber noch mild genug, um auf der Terrasse das Frühstück zu sich zunehmen.

„Auf jeden Fall", sagte er kauend, mit einem Stück Croissant zwischen den Zähnen, „steckt dieser Typ, den wir in Salzburg sahen, in der Sache mit drin."

„Hat dir das Jenny`s Freund gesagt?", fragte Jana, die heute ihren freien Tag in der Klinik hatte.

„Nicht nur gesagt, sondern auch mit Bildern eindeutig nachgewiesen. Alex hat meine Handyaufnahmen nochmals bearbeitet, und die Ausschnitte fünffach vergrößert ausgedruckt. Dann hat er die Bilder mit anderen verglichen, die er von seiner Studienzeit mit diesem Knilch hatte. Das liegt ja noch nicht solange zurück, Alex ist erst neunundzwanzig. Vor drei Jahren hatte dieser Kollmannsberger nur etwas längere Haare und keine Kotletten. Aber er ist sich zu neunundneunzig Prozent sicher, das er der Mann ist, der Tanja angemacht und dann verschleppt hat. Wahrscheinlich zieht er die Masche schon seit Jahren durch, ich habe die Bilder auch meinem Nachfolger nach Kempten geschickt. Der Kollmannsberger steckt vielleicht auch hinter den vermissten Frauen vom Schrecksee, meinem letzten Fall, bevor ich den Dienst quittierte."

Sie sah ihn nachdenklich an. „Hast du deinen Verdacht auch bei der hiesigen Polizei in Bad Aibling geäußert?"

„Bist du verrückt? Dieser Oberberger ist doch ein korruptes Schwein, das sagen mir doch meine Menschenkenntnisse. Du hast doch gehört, was der Morlock alles erzählt hat, der kennt doch den Sauhaufen. Von den Bildern und dem Attentat auf uns, haben wir doch bis heut noch keine Nachricht bekommen, das liegt jetzt schon fast drei Wochen zurück. Der Hagedorn – mein Nachfolger in Kempten – kümmert sich um den Typen, dem hab ich schon Bescheid ge-

geben."

Jana kratzte sich am Ausschnitt ihres geblümten Kleides, das zur Hälfte einen Blick auf ihre schneeweißen Brüste freigab. „Bisschen voreilig, zum Schluß macht uns der Oberberger hier noch das Leben schwer."

„Wie denn? Dir wird er ja wohl nichts mehr tun, oder? Und ich bin in einer Woche weg. Nicht einmal mehr eine Woche. Samstag ist meine Kur zu Ende, dann sind meine vier Wochen rum. Besuchst du mich mal in Kempten?"

Sie streichelte seine Hand. „Sicher, Peter, nur nicht vor Dezember, ich hab erst ab Heilig Abend wieder Urlaub. Aber dann kann ich bis zum siebten Januar kommen. Liegt bei euch da viel Schnee?"

„Unterschiedlich. Die letzten Winter waren eher harmlos, da lag selten mehr als dreißig Zentimeter, auch Mitte Januar. Dafür zieht sich die kalte Jahreszeit immer häufiger bis Ende April hin. Bis Ostern kann man meistens Skifahren." Sein auf dem Tisch liegendes Handy klingelte. Er nahm das Gespräch an, nachdem er auf dem Display sah, wer ihn anrief. „Hey, Rainer. Wie ist die Lage in Kempten?"

Rainer Hagedorn war seit zwei Monaten Kripochef in Kempten und damit sein Nachfolger. Beide verstanden sich nach anfänglicher – gegenseitiger – Skepsis, mittlerweile hervorragend. „Prima, Peter. Leider nichts Neues im „Schrecksee-Fall", dafür hab ich aber eine andere Hammer-Meldung die dich brennend interessieren wird."

Englert hatte bei einem Telefonat am gestrigen Abend, nahezu alles erzählt, was sich in seiner Kur bisher ereignet hatte, auch von der eigenmächtigen „Mission" von Privatdetektiv Morlock nach Prag.

„Schiess los."

„Dieser Morlock, von dem du mir so lang und breit erzählt hast, ist nicht allein, sondern mit einem Kollegen – oder Freund – nach Prag gefahren."

„Aha, war im allein doch zu mulmig. Was ist mit ihnen?"

„Halt dich fest, die sitzen in Untersuchungshaft!"

„Was? Seit wann?"

„Seit gestern Abend. Nachdem du mir die Geschichte seiner Mission so ausführlich erzählt hast, hab ich heut früh noch eine Videokonferenz gehabt, mit unserem LKA-Chef Stockl aus München. Der fiel aus allen Wolken, als er das hörte. Zuerst meinte er, das wird den Typen die Lizenz kosten, aber dann konnte ich ihn wieder besänftigen. Und keine Stunde später rief er mich zurück, und teilte mir mit, das sich gestern ein schwerer Unfall in der Altstadt von Prag ereignet hat. Anscheinend waren Morlock und sein Kollege hinter einem anderen Fahrzeug her, warum auch immer. Dann gab es einen spektakulären Unfall, mit anschließender Schiesserei. Danach wurden sie von der Prager Polizei festgenommen. Anscheinend hat einer der beiden einem Türsteher, der den Wagen fuhr, die Rübe weggeschossen. In dem demolierten Fahrzeug des Typen, saßen noch vier weitere Personen. Anscheinend wurden sie von Morlock verfolgt, warum wird zurzeit geklärt. Auf jeden Fall, und jetzt die gute Nachricht: von den anderen vier Insassen waren drei Frauen und – vermutlich – noch ein Gorilla, aus einem

Nightclub in Prag. Und eine von diesen drei Frauen ist defintiv sicher, Tanja Probst!"

Englert zog hörbar die Luft ein. „Was? Kaum zu glauben, das ging ja schnell. Wie geht's ihr?"

„Ihr geht's ganz gut. Sie ist zwar noch zur Beobachtung im Krankenhaus, kam aber ziemlich glimpflich davon, im Vergleich zu den anderen. Womöglich wird sie im Laufe des heutigen Tages oder spätestens morgen entlassen."

Jana spitzte die Ohren und konnte es anscheinend auch kaum glauben, wie auch Englert, der erstmal einen kräftigen Zug seines – mittlerweile – kalten Kaffees zu sich nahm.

„Wahnsinn", erwiderte Peter Englert nach dem Schlucken. „dann gibt's doch noch ein Happy-End."

„Sieht so aus, Peter. Mit dem Morlock wird's dafür umso komplizierter, der wird wahrscheinlich nicht so schnell das Land verlassen. Ich nehme an, sie werden ihn noch eine Weile festhalten."

Geschieht ihm recht, dachte sich Englert und musste hämisch dabei grinsen.

„Ich muss mal schnell", meinte Jana und stand auf.

„Und dieser Kollmannsberger jun., hat auch viel Dreck am Stecken, wie sein Vater, die sind beide aktenkundig", fuhr Hagedorn fort. „Aber, das erzähl ich dir später, ich krieg eben einen Anruf auf der zweiten Leitung. Ich ruf dich mittags nochmals an, da hab ich mehr Zeit. Bis später."

42

Prag, Polizeidienststelle

Morlock, Deckert und Eckstein wurden nach dem blutigen Unfall an der Moldau, noch an Ort und Stelle, sofort von einem Großaufgebot der Polizei festgenommen. Die erste Vermutung der Polizei lag bei einem Bandenkrieg im Drogen-Milieu. Nichts Ungewöhnliches für Prag, diese Machtkämpfe gab es hier schon seit vielen Jahren.

Montagvormittag saßen sie in einer Zelle des 3. Reviers in der Altstadt, und wurden um neun Uhr vormittags, von acht Polizeibeamten in Handschellen abgeholt und in einen fünfzehn Quadratmeter großen Verhörraum eskortiert. Vier der acht Polizisten, stellten sich mit ihren Maschinenpistolen in jede Ecke des Raumes, bis zehn Minuten später der Dienststellenleiter das Zimmer betrat. Ein Mann mit graumeliertem vollem Haar, Ende vierzig, setzte sich ihnen gegenüber. Pavel Nedved war seit zehn Jahren der Polizeichef der Stadt und sprach perfektes Deutsch. Er musterte sie argwöhnisch und schenkte sich eine Tasse Kaffee aus einer Thermokanne ein, die mit drei Tassen auf dem unaufgeräumten Tisch in der Mitte des Raumes stand. Erst nachdem er sich zwei Löffel Zucker in die Tasse geschüttet hatte, ergriff er das Wort: „So, meine Herren. Bis die Kollegen der Kripo sich der Sache hier annehmen, können Sie mir schon mal erzählen, was Sie in unserer schönen Stadt zu suchen haben. Schießwütige Kriminelle haben wir hier schon genug, da brauchen wir nicht auch noch ein paar Deutsche, die noch zusätzlich für Tumulte sorgen."

Aufgrund der Ausweise und der Visitenkarte von Morlock,

wusste er bereits, dass er es mit Deutschen und zumindest einem Privatdetektiv zu tun hatte. Er nahm einen Schluck und wartete, wer das Wort ergriff. Er hatte ein unrasiertes Kinn und tiefe Falten auf seiner fleckigen Stirn. Sein enges blaues Hemd spannte über seinem kugelrunden Bauch.

„Hören Sie", erwiderte Morlock, „wir haben nur zwei junge Frauen aus der Gewalt von Verbrechern befreit. Wären wir nur eine halbe Stunde zu spät gekommen, hätten sie die Ladys umgebracht."

Nedved musterte ihn und kratzte sich unter seiner linken Achsel, wo deutlich sichtbar ein großer Schweissfleck zu erkennen war. „Also, Erstens: das sind keine „Ladys", sondern Prostituierte. Zweitens: das ist Sache der Polizei und nicht von selbsternannten Hilfssheriffs, ohne jegliche Befugnisse. Wo kommen wir denn dahin? Ich habe gesehen, dass sie eine Detektei in Bad Aibling haben. Wer hat Sie beauftragt Nachforschungen in Prag anzustellen?"

„Petra Probst, die Schwester der Verschleppten, Tanja Probst. Sie wurde nach dem Besuch eines Tanzlokals vor einigen Wochen entführt, und gilt seitdem als vermisst. Dieser junge Mann zu meiner Rechten hier, war im Nightclub Crazy Horse, und Tanja hat ihm heimlich eine Nachricht mitgegeben, dass sie zwangsweise hier ist. Deshalb kontaktierte er Petra Probst und die natürlich uns, deshalb fuhren wir gestern spätnachmittags hierher. Marco befand sich zum Zeitpunkt der Club-Öffnung am Türeingang und konnte die Entführung beobachten."

Bis dahin war Deckert – links von ihm – und Eckstein – rechts von ihm – ganz ruhig gewesen, bis plötzlich Marco wütend dazwischen schrie: „Hören Sie, ich hatte gestern den ganzen Abend darum gebeten, dass ich unbedingt meine Mutter anrufen muss. Aus unerklärlichen Gründen, gestattet mir das keiner Ihrer Uniformierten hier. Ich wollte mit ihr zurück nach Hof fahren, ich weiß überhaupt nicht, wo sie sich jetzt befindet. Sie macht sich bestimmt unendliche Sorgen, sie hat in meinem Wagen auf mich gewartet." Eine Schweissperle lief über Marcos Stirn und er zitterte bei seinem Ausbruch.

Gelassen sah ihn Nedved an und spielte am Armband seiner Uhr. „Hören Sie, meine Herren „Möchtegern-Polizisten". Ich habe ein gute und eine schlechte Nachricht für euch Witzbolde. Am liebsten hätte ich euch ja noch Schmorren lassen bei Wasser und Brot in unserer Arrestzelle, aber jemand aus Deutschland macht sich große Sorgen um euch. Ein ehemaliger Kommissar, der in Bad Aibling Kur macht, hat Himmel und Hölle in Bewegung gesetzt, dass ihr nach Deutschland überführt werdet. Der bayerische LKA-Präsident Bamberger, wird mit einem Kollegen am Nachmittag hier eintreffen. Schätze, er wird sich mit meinen tschechischen Kollegen vom Kriminalamt darüber einig werden, das ihr freikommt. Schließlich dürfen ja die Beziehungen zwischen Deutschland und Tschechien nicht gefährdet werden." Er grinste hämisch dabei, bevor er fortfuhr. „Schade, dass wir nicht in der Türkei sind, die kriechen den Deutschen nicht so in den Arsch, wie unsere Regierung hier. Aber sei wie es will: ich werde durchsetzen, dass ihr nie wieder einen Fuß in diese Stadt setzt, zumindest solange, bis ich hier noch was zu sagen hab und der Bürgermeister mein geschätzter Schwager ist. Wir regeln unsere Angelegenheiten hier nämlich lieber selbst, und brauchen keine durchgeknallten Cowboys aus Deutschland." Er nahm einen Schluck aus seiner Tasse und sah aus dem Fenster, wo sich der Himmel in düsterem Grau zeigte.

„Und die schlechte Nachricht?", fragte Deckert, der sich bisher zurückgehalten hatte.

Nedwed spielt mit einem Kugelschreiber und dreht ihn zwischen seinen Fingern hin und her. Dann sah er Marco an. „Junger Mann, aufgrund Ihres Ausweises, nehme ich an, dass sie in Hof wohnen?"

Marco nickte nur und sagte nichts darauf.

„Dann gehört Ihnen der rote Ford Fiesta, mit dem Hofer Kennzeichen? Die Papiere befanden sich im Auto."

Marco bekam einen Kloß im Hals und flüsterte leise: „Und meine Mutter, die befand sich doch auch im Wagen, oder?"

Nedved spielte weiter an seinem Stift und erwiderte: „Ja."

Dann sprach Nedved den Satz aus, der Marco den Boden unter den Füßen wegriss. „Sie war im Fahrzeug, aber leider mit aufgeschlitzter Kehle!"

Als Marco die Worte wie aus weiter Ferne vernahm, brach er mit einem Weinkrampf zusammen.

43

Bad Aibling, fünf Tage später

Kurz nach neun Uhr bedienten sich Peter Engler und Jana am Frühstücksbuffet vom Hotel Kindl. Seine Koffer waren gepackt und es war ihr letztes gemeinsames Frühstück. Immer noch ließ Jana ihn darüber im Unklaren, ob sie sich jemals wiedersehen würden. Aus der Frau wurde er einfach nicht schlau. Ihm war zwar klar, dass knapp drei Stunden Fahrzeit keine große Entfernung waren, aber er wollte sich auch nicht mit einem Besuch in den nächsten Wochen wieder „aufdrängen", solange sie nicht eindeutig sagte, was Sache war. Es war ein traumhafter Tag, die Sonne strahlte ungetrübt aus einem stahlblauen Himmel, der herrlichstes Wanderwetter versprach.

Eigentlich war Englert kein großer Berg- und Wandersmann, aber er ließ sich gestern – in Anbetracht der glänzenden Wetteraussichten – schneller denn je von Jana überreden, auf das Wahrzeichen des Chiemgaus zu gehen, beziehungsweise zu „schweben". Zum Wandern hatte er nur wenig Lust, deshalb bot sich auf die „Kampenwand" auch eine altertümliche Gondel an, die er auf einem Prospektflyer im Hotel gesehen hatte. Eine im Jahr 1957 gebaute Seilbahn, beförderte dort die Besucher in Vier-Personen-Gondeln bis zur Bergstation auf 1470 Meter hinauf.

„Ein würdiger Abschluss deines Aufenthaltes, Peter", meinte Jana, die er erstmals in einem Wander-Outfit sah. Sie trug eine beige Bluse, weinrote Caprishorts von Salewa und einen Hut, der ihn an alte Cowboy-Filme erinnerte, wobei sie vehement betonte, dass ihrer wasserdicht und schmutzresistent sei. Da er selbst keine typische Wanderkluft besaß – und auch spontan keine kaufen wollte – , entschied er sich für Jeans, ein buntkariertes Flanellhemd und seine dunkelbraune Wildlederjacke. Für seine Beine sollten seine ausgelatschten Adidas-Turnschuhe ausreichen, dachte er sich, während er die letzten Reste seines Müslis in sich hineinschaufelte. „Ja, es war ein aufregender, aber trotzdem sehr schöner Aufenthalt", meinte er, mit Blick auf die dezent geschminkte Frau, die sich bereits ihre Sonnenbrille aufs Haar gesteckt hatte. „Gott sei Dank ist mit dieser Tanja jetzt alles gut ausgegangen. Aber „unseren" Attentäter haben sie immer noch nicht geschnappt, und dieser Pascal Kollsmannsberger ist auch noch auf freiem Fuß."

„Den werden sie schon noch einbuchten, vielleicht haben deine Kollegen noch zu wenig handfeste Beweise? Was hat denn dein Nachfolger, sonst noch so alles am Telefon erzählt?" Sie trank den Rest ihres Kaffees aus.

„Die drei Männer wurden erst am Mittwoch in Prag wieder freigelassen. Obwohl Hagedorn und unser bayerischer LKA-Chef sofort nach Prag reisten, kamen sie erst auf Intervention von Innenminister Hermann frei. Ein Glück, dass das nicht in Russland oder der Türkei geschah, da sind sie viel stringenter. Da wären unsere Hobby-Detektive wahrscheinlich noch viele Monate im Knast gesessen, bis sie freigekommen wären."

„Und wie geht's den beiden Frauen?"

„Den Umständen entsprechend gut. Tanja hat eine mittelschwere Gehirnerschütterung und zahlreiche Prellungen, sowie Schnitte – von den zersplitterten Autoscheiben – am Hals und an den Armen. Die andere Frau, mit Namen Trixi Seltmann, erlitt einen Waden- und Beckenbruch. Die seelischen Wunden werden bei beiden bestimmt viel schlimmer sein. Da Tanja noch im Krankenhaus liegt – sie wird angeblich erst heute entlassen – , gab es noch keine Gegenüberstellung mit diesem Kollmannsberger."

„Hoffentlich ist sie in der Klinik sicher?"

„Bestimmt, sie wird dort bewacht. Wobei mir natürlich ein deutsches Krankenhaus schon lieber wäre. Hagedorn meinte, falls sie heute nicht heute entlassen wird, wird sie trotzdem in den nächsten Tagen nach Rosenheim oder München ins Klinikum überführt. Dann kann sie ziemlich zügig vernommen werden, dass die Hintermänner endlich belangt werden können. Auch wir – außer, du willst nicht – , werden mit Sicherheit als Zeugen vor Gericht geladen. Übrigens, die zweite Frau, war eine der Vermissten bei unserem Schrecksee-Fall. Bestimmt kommt jetzt noch viel mehr ans Tageslicht, und der zwielichtige Schuppen in Prag wird ausgehoben, damit der Spuk schnell ein Ende hat. Aber jetzt lass uns nicht am letzten gemeinsamen Tag, nur über diesen Fall reden."

Jana setzte ihren Hut auf und meinte: „Ich bin schon fertig, mein Lieber, wir können sofort starten. Ich hab sogar einen Rucksack mit Picknickdecke, Landjäger und einem Schnaps dabei."

„Na, dann kann ja nichts mehr schiefgehen. Ich muss nur bis achtzehn Uhr am Rosenheimer Bahnhof sein, sonst hab ich später in München, einen unnötig langen Aufenthalt beim Umstieg. Ich zahl noch schnell, dann können wir starten."

Dann standen beide auf, und Englert gab seinen Zimmerschlüssel an der Rezeption ab. Er zahlte mit Kreditkarte und verabschiedete sich von allen, die ihm gerade über den Weg liefen. Seine beiden größeren Gespäckstücke, hatte er bereits gestern wieder von Hermes abholen lassen.

Kurz darauf schwang er sich auf den Beifahrersitz von Janas VW Golf. Kaum hatte er sich angeschnallt, fuhr sie zügig auf die Autobahn-Auffahrt Richung Salzburg. Ihr Ziel war der kleine Ort Aschau, einem der beliebtesten Destinationen im Chiemgau. Im Unterschied zu Bad Aibling, gab es dort keine Reha-Kliniken, sondern typische Wellness- und Ferienhotels, vorwiegend im Alpenländischen Stil. Hauptgrund war die unmittelbare Nähe zu den Alpen, viele Seen in nächster Umgebung, sowie ein ausgedehntes Langlaufnetz und einige Skiberge für Wintersportler in unmittelbarer Umgebung. Es war das letzte Betriebs-Wochenende der Kampenwandbahn, bevor sie in Revision ging und für den Winter überprüft wurde. Für die knapp fünfundreißig Kilometer benötigte Jana keine halbe Stunde, bevor sie am halbvollen Parkplatz der Bergbahn um zehn Uhr ankamen. Englert holte einen Parkschein, dann liefen sie zur Kasse, wo nur ein halbes Dutzend Leute anstanden. Auf einem Monitor sahen sie, dass die Temperatur im Tal 19, und an der Bergstation 11 Grad betrug.

„Bist du eigentlich in deiner Freizeit, oft in den Bergen unterwegs?", fragte Englert, als sie in der altmodischen 4-Personen-Gondel saßen.

„Meistens nur im Herbst, vielleicht so vier- bis fünfmal. Eigentlich bin ich lieber am See und im Wasser. Aber bei so einem tollen Wetter, liebe ich es einfach in der Höhe zu sein. Das Panorama ist einfach gigantisch. Zum Schwimmen ist es in den Seen mittlerweile eh zu kühl, der Chiemsee hat gerade noch sechzehn Grad."

Die Gondel benötigte für die achthundertfünfzig Höhenmeter genau 14 Minuten, bevor sie bei auflebendem Wind an der Bergstation ausstiegen.

Jana sah kurz auf die Wander-Wegweiser und meinte: „Lass uns Richtung Steinling-Alm laufen, da gibt's nicht nur tolles Panaroma, sondern auch viele Wiesen, da können wir uns etwas entspannen." Dabei kniff sie das rechte Auge zu, was er sofort deuten konnte.

Hand in Hand schlenderten sie auf dem über einen Meter breiten Wanderweg, der es auch weniger erprobten Wanderern ermöglichte, atemberaubende Bergluft zu schnuppern. Zweihundert Höhenmeter über ihnen, thronte die markante, gezackte Gipfelwand der Kampenwand, die mehr den kletterfahrenen Berggehern vorbehalten war, worauf zahlreiche Schilder hinwiesen. Auf den unzähligen, breiten Wiesenflächen graste kein Vieh mehr, da es vor sieben Wochen beim Almabtrieb wieder ins Tal getrieben wurde. An einigen Sträuchern, sahen sie die verwelketen Reste von gelbem Enzian und blauem Eisenhut, die mit vielen anderen Pflanzen im Hochsommer die Wiesen säumten. Nach einer dreiviertel Stunde sahen sie die Alm, einem beliebten Ziel nicht nur für Wanderer, sondern auch zahlreicher Mountainbiker.

„Lass uns einkehren", bat Jana, „danach können wir uns auf dem Wiesenhang gegenüber noch etwas vergnügen."

Er nickte grinsend und wusste worauf sie hinauswollte. Ein letzter Fick, so kurz vor dem Abschluss, konnte schließlich nie schaden.

Zwei Minuten später saßen sie bei einem Radler und bester Fernsicht an der Steinling-Alm, und genossen die fantastische Aussicht. Unter ihnen glitzerte die riesige Wasserfläche des Chiemsees, und unzählige Häuser und Autos sahen aus, wie bei einer gigantischen Spielzeug-Kulisse.

„Wo liegt Bad Aibling?", fragte Englert, angesichts der famousen Fernsicht.

„Hier, links vom Chiemsee, etwas oberhalb des Sees. Rechts liegt die Stadt Wasserburg und in der Mitte, Rosenheim. Und ganz hinten, sieht man sogar München. Schade, dass ich mein Fernglas vergessen hab. Trinken wir langsam aus, Peter, dann haben wir noch Zeit, uns etwas auf meine Picknickdecke zu begeben. Ich hab auch noch Tomaten, Äpfel und Radieschen im Rucksack. Und: Schokolade von Lindt", ergänzte sie.

„Ich hab jetzt in fünf Wochen gut sechs Kilo abgenommen, die will ich nicht gleich wieder drauhaben", seufzte Englert angesichts ihrer Fürsorge.

Als sie ausgetrunken hatten, wanderten sie wenige Minuten später an einer kleinen Kapelle vorbei, schauten kurz rein und liefen dann an einem schmaleren Pfad entlang, der auf einen Kugelförmigen Wiesenrücken führte. Englert bemerkte bei dem Aufstieg, dass seine Kondition immer noch zu wünschen übrig ließ, daran hatte auch der viele Sex nichts geändert. „Wo führst du mich denn hin?", keuchte er und sah, dass sie leichtfüssig wie eine Gazelle, vorneweg marschierte.

„Keine Angst, mein Schatz. Wir sind jetzt da, du hast es schon geschafft." Sie blieb am höchsten Punkt des Wiesenhügels stehen, der umgeben war von zahlreichen Sträuchern und sonstigem Gestrüpp.

„Wo liegt eigentlich die Baumgrenze?", meinte er schwitzend und außer Atem.

„Da liegen wir noch lange nicht", erwiderte sie, „Wir sind jetzt ungefähr auf 1550 Meter. In den Hochalpen liegt die Baumgrenze erst oberhalb von 2000 Meter, nur im Hochschwarzwald bei 1400 Meter, also etwa auf Gipfelhöhe vom Feldberg. Das hängt auch von den klimatischen Bedingungen ab. Auch im milden Meran gibt's Berge über 2000 Meter, da wachsen und gedeihen auch viele Bäume, weils dort höhere Durchschnittstemperaturen hat."

Sie zeigte mit ihrer Hand auf den felsigen Gipfelkamm, der gut einen halben Kilometer Luftlinie rechts vor ihnen lag. „Schau mal, Richtung Gipfelkreuz. Da wachsen keine fünfzig Meter vom Gipfel entfernt, noch Dutzende von Lärchen." Nach der Belehrung stellte sie ihren Rucksack ab und öffnete ihn. „So, genug geschwitzt, Peterlein, jetzt gibt's zur Stärkung erst mal Obst." Sie reichte ihm eine Banane, die er nach kurzer Atempause in einer Minute verschlang.

Dann breitete sie ihre Decke aus. „So, ist das nicht ein idyllisches Plätzchen? Umgeben von Sträuchern und einem – fast – unsichtbaren Pfad, den bestimmt selten jemand hochgeht, weil ihn kaum einer kennt? Da könnten wir doch noch zum Abschluss, ein ausgedehntes Nümmerchen machen, oder?"

Er sah sich um. Sie hatte Recht. Kaum jemand, der hier vorbeikam, höchstens nachts vielleicht ein paar Murmeltiere, falls es hier überhaupt welche gab. „Ja, prima Platz", nickte er anerkennend, und zog sein verschwitztes Hemd aus. Anscheinend hatte sie ein Gespür für romantische Plätze.

„Hier, Peter. Ich hab auch ein Handtuch dabei", meinte sie und warf ihm eins zu. Kaum hatte er sich den Schweiss unter den Armen und im Gesicht abgewischt, lag sie schon splitterfasernackt auf der Thermodecke.

„Mein lieber Herr Gesangsverein, du bist ja fix", staunte er, und machte sich an seinem Hosengürtel zu schaffen. Eine Minute später lag er hüllenlos neben ihr. Dann suchten sich ihre Zungen und spielten miteinander, während sie Hand anlegte und prüfte, wie es um seinen Erregungszustand bestellt war. Sie musste nicht mehr viel machen; sein Schniedel stand wie ein Fels in der Brandung und wartete auf Einlass.

„Warte, ich setz mich auf dich", stöhnte sie und legte den störenden Rucksack hinter ihren Körper. Ihre klatschnasse Muschi glitt über seinen Schwengel, was schon kribbelnde Gefühle bei ihm auslöste. Obwohl sie erst gestern Nacht Sex gehabt hatten, spürte er schon nach wenigen Sekunden einen herannahenden Orgasmus.

„Genieße deinen letzten Fick, Peter!", meinte sie keuchend mit animalischem Blick.

Ihre Aussage irritierte ihn. Was meinte sie mit letzter Fick? Wollte sie ihn etwa doch nie wiedersehen? War der nächste Spritzer, der letzte, den er in ihr vergoß? Während sich sein Sperma schon unaufhaltsam den Weg zum finalen Höhepunkt bahnte, öffnete er die Augen und sah in ihr verzerrtes Gesicht. Wenn er nicht wüsste, dass sie jetzt beim Sex wären, hätte er jetzt mächtig Angst bekommen, angesichts ihrer dämonischen Maske, die kaum noch was Menschliches an sich hatte. Dann irrierte ihn eine weitere Bewegung, die er als Schatten wahrnahm: ihr rechter Arm griff hinter ihren Rücken und wühlte im Rucksack. Wollte sie sich nur nach hinten lehnen und besser abstützen, oder bekam sie womöglich Hunger während des Liebesspiels? Seine Explosion stand unmittelbar bevor, dann sah er den Schatten ihres Armes, der hinter ihrem Rücken hervorkam. Panik überfiel ihn, als er sah, was sie in der Hand hielt: ein Campingbeil! Groß genug, um ihm den Schädel zu spalten.

„Nein!", brüllte er wie von Sinnen, als sie zum finalen Schlag nach hinten ausholte, unfähig vor Schock sich zu bewegen.

Als sich sein Schwanz entlud, schwang ihr Arm nach vorn, mit einem tierischen Schrei begleitet. Ein ohrenbetäubender Knall erklang im selben Augenblick, das Beil fiel abwärts, nur einen Zentimeter neben seiner rechten Gesichtshälfte aufschlagend. Sie fiel auf ihn wie ein nasser Sack, und begrub ihn mit ihrem nackten Körper unter sich. Zitternd legte er seine Hände um ihren Rücken. Er fühlte nur klebriges Nass an seinen Händen. Kein Schweiss, sondern Blut, das aus einer Fingerbreiten Wunde quoll. Blut! Sie blutete wie ein abgeschossenes Reh und röchelte in ihren letzten Atemzügen. Der ohrenbetäubende Knall den er gehört hatte, kam von einer Schusswaffe. Jemand hatte ihr in den Rücken geschossen. Seine Rettung, sie wollte ihn umbringen! Warum? Tränen der Fassungslosigkeit und auch Erleichterung liefen über seine Wangen.

„Peter!" Eine Stimme wie aus einem fernen Traum. Eine Stimme, die er kannte, und die ihn vermutlich von dem Axthieb gerettet hatte.

Der regunglose, blutende Körper seiner „Liebschaft", wurde von kräftigen Händen gepackt und von seinem Körper gerollt. Die Blutlache um die Frau vergrößerte sich in Windeseile. Der Mann, der – vermutlich – geschossen hatte, fühlte den Puls der Frau. In seiner rechten Hand hielt er immer noch die rauchende Pistole. „Mausetot", meinte er. „Peter! Wie geht`s dir?"

Der Mann – Mitte vierzig – sah in Englerts Gesicht. Rainer Hagedorn, sein Nachfolger in Kempten!

„Mein Gott, Rainer!", presste Englert hervor. „Was machst du hier?"

„Das ist eine längere Geschichte, mein lieber Hengst", meinnte er grinsend, und griff nach Englerts Hemd und Unterhose. Dann zog er ein Taschentuch aus seiner Hose und reichte es seinem Vorgänger. „Hier, Peter. Trockne deinen tropfenden Schniedelwutz ab und zieh dich an. Ich fordere derweil einen Rettungs- und Polizeihubschrauber an, damit die Tote und wir, hier schnellstmöglich wegkommen. In 10 Minuten werden lauter Gaffer und Sensationshungrige hier sein.

***

Eine halbe Stunde später sahen sie zu, wie die Leiche vom Notarzt nochmals eingehend begutachtet und danach abtransportiert wurde. Der Polizei-Hubschrauber nahm Hagedorn und Englert mit ins Tal, wo sie bereits von LKA-Chef Bommer erwartet wurden. Kurz nach der Landung an der Talstation der Bergbahn, gingen sie in Aschau in ein Cafe, in dem Englert von den beiden aufgeklärt wurde.

„Sei mir nicht böse, Peter", begann Hagedorn, sein hagerer Nachfolger aus Kempten. „Aber ich hab bei unserem letzten Telefonat etwas gefunkelt. Als wir von Prag nach Deutschland zurückfuhren, hab ich mich in Rosenheim einquartiert. Wir wollten dich und diese Jana – der Name stimmt übrigens – beschatten. Ich hatte dazu die Unterstützung der Kripo aus Rosenheim."

„Beschatten?", fragte Englert. „Warum das denn?"

„Diese Jana, ist alles andere, als ein unbeschriebenes Blatt. Um es zu konkretisieren: sie war – auch wenn du es kaum glauben wirst – früher eine Bordellchefin!"

Englert fiel aus allen Wolken. „Das soll wohl ein Witz sein?"

„Nein, wir scherzen nicht", meldete sich jetzt Bommer zu Wort. Er war Mitte fünfzig und hatte spärliches, graues Haar, das nach hinten gekämmt war. „Jana Sukowa – so hieß die nette Dame, war schon länger im Visier der Justiz. Die Lady war Geschäftsführerin vom „Dream World", einem alteingesessenen Nachtlokal – oder besser gesagt „Puff" – im beschaulichen Hof. Bis vor etwa acht Jahren war sie selbst im Gewerbe tätig, dann schloss sie sich mit dem damaligen Geschäftsführer Hofreither in Hof zusammen, bis der vor sechs Jahren das Zeitliche segnete, vermutlich aufgrund einer Überdosis Drogen. Offizielle Todesursache: Herzversagen. Dann hat die Sukova seine Geschäfte übernommen. Parallel dazu, lief im Grenzgebiet Franken-Sachsen – bis in die Tschechei –, ein lebhafter Drogenhandel ab, bei dem sie wahrscheinlich auch mitmischte. Man konnte ihr das aber nie nachweisen, auch nicht, dass sie womöglich mit dem Tod ihres einstigen Partners was zu tun hatte."

„Aber, das verstehe ich nicht, sie war doch Physiotherapeutin in der Rehaklinik, die nehmen doch keine Kriminellen oder Nutten", meinte ein fassungsloser Englert.

„Auch das haben wir überprüft, Peter. Kaum zu glauben", meinte Hagedorn, „aber die Frau hatte tatsächlich eine Ausbildung in ähnlicher Richtung, als Ergotherapeutin. Die sind in solchen Kliniken auch gefragt. Wahrscheinlich hat sie sich als Mitarbeiterin – auf Teilzeit – eingenistet, weil sie auch mit den Entführungen der Frauen im Rosenheimer Raum, was zutun hatte. Jede Wette, dass sie auch den Kollmannsberger kennt, womöglich hatten die beiden eine Beziehung, in welcher Form auch immer. Das würde erklären, warum sie ausgerechnet zu dem Zeitpunkt im Hubertushof war, als der Kollmannsberger die Tanja verschleppte."

Jetzt wurde Englert bewusst, warum sie ihn – wenn auch dezent – daran hindern wollte, Fotos zu schießen und die Beschreibung des Typen verschleiern wollte.

Hagedorn setzte seine Erklärungen fort: „Seit einigen Tagen haben wir sie observiert, da wurde uns erst bewusst, dass sie sich mit dir eingelassen hat."

Englert grübelte: „Trotzdem versteh ich noch nicht, warum sie sich ausgerechnet mit mir eingelassen hat? Sie wusste doch gar nicht, dass ich mit dem Fall was zutun hatte?"

„Anscheinend schon, weil es auch Verbindungen zu deinem „Schrecksee-Fall" und den Entführungen hier gibt. Wenn wir Tanja Probst und einige andere Frauen, in den nächsten Tagen vernehmen, wird sich das bestimmt auch so herauskristalisieren. Alle Spuren weisen darauf hin. Und die Sukova bekam wahrscheinlich von Kollmannsberger – oder dessen Chef – die Anweisung, dich im Auge zu behalten. Nach dem Motto: einmal Polizist, immer Polizist. Bei deinem Abschied aus dem Polizeidienst, ist dir nämlich ein gravierender Fehler unterlaufen."

„Welcher?"

„Du hättest der Allgäuer Zeitung im Sommer kein Interview geben sollen, was du in nächster Zeit so alles vorhast. Die Zeitung ist ja weit verbreitet und wird auch online gestellt. Kein Wunder, dass das viele mitbekommen haben, dass du eine Kur in Bad Aibling planst. Du hättest besser nicht den Ort genannt", meinte Kommissar Hagedorn.

„Du hast recht, aber hinterher ist man bekanntlich immer schlauer. Aber trotz allem: das diese Jana mich gleich umbringen wollte, erschließt sich mir nicht so ganz."

„Herr Englert", meinte Bamberger. „Sie waren und sind, ein bedeutender Zeuge, sowie ein ehemaliger Ermittler in diesen zusammenhängenden Fällen. Bei einem Prozess in den nächsten Monaten, käme Ihnen eine außerordentlich große

Bedeutung zu. Und wer könnte Sie besser beseitigen, als ein „Kurschatten", der über alles bestens unterrichtet war, und dann hinterher alles wunderbar als Unfall darstellen kann?"

Die Erläuterungen des BKA-Chefs erschienen Englert einleuchtend. Trotzdem hätte er dieser attraktiven Frau soviel kriminelle Energie nie im Leben zugetraut.

44

Frankfurt/Main, 14.30 Uhr

Pascal Kollmannsberger schmiss den Hörer auf die Ablage und fuhr sich fahrig durch die Haare. Nur noch beschissene Meldungen in den letzten Tagen. Warum hatte er sich auch darauf eingelassen, diese Tanja Probst zu verschleppen? Irgendwann musste ja genug sein, das hätte er wissen müssen. Jetzt war es zu spät, die Kacke war am Dampfen, und die Bullen waren ihm dicht auf den Fersen. Und sein stinkreicher Vater würde ihn diesmal nicht nochmals freikaufen können, vor allem dann nicht, wenn die Probst und einige der anderen Schlampen gegen ihn aussagen würden. Das würde ihm minimum zehn Jahre Knast einbringen. Spätestens in fünf Tagen wäre er der „Staatsfeind Nummer 1", nur eine Flucht konnte ihn noch vor dem schlimmsten bewahren.

Sie würden alle Bordelle, Nightclubs – und weiß der Geier was, großangelegten Razzien unterziehen. Fraglich, ob der korrupte Polizeichef und seine dubiosen Geschäftsfreunde das verhindern konnten.

Höchste Zeit zu verschwinden, am besten auf Nimmerwiedersehen. Chile, wo die alte Margot Honecker bis zu ihrem Tod, noch die beiseitegeschafften Gelder ihres vertrottelten Kommunistengatten Erich, verprassen konnte. Das war bestimmt das Richtige für ihn. Geld hatte er genug, damit war in dem Land schon einiges machbar. Chile würde – auch bei einem internationalen Haftbefehl – bestimmt keiner Auslieferung nach Deutschland zustimmen. Das hatten sie schon bei der alten „Margot" – und vielen anderen – nicht gemacht, warum dann ausgerechnet bei ihm.

In den letzten 48 Stunden hatte er alles Notwendige dazu in die Wege geleitet. Er hatte telefonisch einen Flug nach Santiago de Chile reserviert, und das Ticket gleich online über sein Smartphone bezahlt. Er konnte nur hoffen, dass es an den Flughäfen noch keine Fahndung oder ein Ausreiseverbot für ihn gab, denn dann wäre er endgültig am Arsch. Am Telefon sicherte man ihm vom Frankfurter Airport aus zu, dass entweder ein Expressversand per Kurier erfolgen würde, oder – im Notfall – das Ticket für ihn am Schalter hinterlegt wäre. Wie auch immer, noch Zeit genug, um in aller Ruhe die Koffer zu packen. Eine kleine Sporttasche und eine mickrige Umhängetasche als Handgepäck sollten reichen.

15.15 Uhr. Noch drei Stunden bis zum Abflug. Hatte er irgendwas vergessen? Das Haus hier, das er vor einem halben Jahr von drei Callgirls bekommen hatte, würde er wieder den Nutten überlassen, dann konnten sie ihre gutbetuchten Macker in der Villa bedienen. Er hatte sie über seinen Abgang vor fünf Stunden informiert. Eigentlich wusste kaum jemand, dass er hier kurzzeitig residiert hatte, nicht einmal die Bullen. Außer, einer der Huren hätte ihn verpfiffen, was sehr unwahrscheinlich war. Seit ein paar Stunden, wusste es noch die Dame von der Airport-Hotline. Noch eine halbe Stunde, dann musste er langsam Richtung Flughafen aufbrechen. Zeit genug, sich schnell einen Kaffee aus seiner Senseo rauszulassen. Er legte das Pad ein und schaltete die Maschine ein. Dann goss er einen halben Liter Wasser in den Behälter und wartete zwei Minuten bis es erhitzt war. Als er die Kaffeetasse unter die Düse stellte und den Knopf der Maschine drückte, klingelte es an seiner Haustür. Endlich! Das konnte nur der Express-Versand sein, wurde aber auch wirklich höchste Zeit. Er nahm die dampfende Kaffeetasse in die Hand, bevor er zur Sprechanlage lief. Ohne dass das große Stahltor am Eingang zur Seite ging, konnte keiner das Anwesen passieren. Die Nutten waren hier besser geschützt als im Fort Knox.

Er drückte den Knopf der Anlage und fragte: „Ja. Hallo. Wer da?"

„Hermes, Zustellservice. Einschreiben für einen Herrn Kollmannsberger Pascal. Sind Sie das?"

„Können Sie`s vors Tor legen? Ich bin gerade bei einem Telefonat."

„Geht leider nicht. Sie müssens unterschreiben, sonst muss ich`s wieder mitnehmen. Ist addressiert vom Flughafen!"

Gott sei Dank, sein Ticket. Dann musste er jurz zu dem Zustellheini runter. „Eine Minute, ich komm gleich."

Kurz darauf stand er vor dem zwei Meter hohen und drei

Meter breiten Stahltor. Durch eine kleine Luke konnte er den uniformierten Zusteller erkennen. Er trug das typische Hermes-Outfit und hatte den Brief in seiner rechten Hand. Hinter dem jungen Mann stand ein blauer Transporter mit einem Schriftzug der Firma.

„Zehn Sekunden, das elektrische Tor geht gleich auf." Per Infrarot aktivierte Kollmannsberger die Öffnung, und das Tor ging leicht quitschend nach links zur Seite.

„Guten Tag, Herr Kollmannsberger. Hier ist das Einschreiben für Sie", sagte der Mann mit einem netten Tonfall und reichte ihm den rechteckigen Brief in die Hand. „Schön, hams Sie`s hier. Da sind Sie wenigstens vor Einbrechern und dem sonstigen Gesindel sicher."

Pascal nahm den Brief entgegen und sah den Absender des Airports. Kein Zweifel, dass musste sein Ticket sein.

„Wo muss ich unterschreiben?", fragte Kollmannsberger.

Der Mann griff in seine braune Jacke, die ihn in dem Moment eher an UPS, als an Hermes erinnerte.

„Hier", sagte der Mann, der auch eine braune Schildmütze trug, die tief in sein Gesicht gezogen war. „Diese rote Karte müssen Sie rechts außen unterschreiben."

Pascal nahm die rote Karte entgegen und suchte einen Kugelschreiber.

„Hier, nehmen Sie meinen", sagte der Mann. Er griff in seine Jacke, und Kollmannsberger betrachtete derweil verwundert die Karte. „Da steht ja gar nichts dr…?"

Bevor er das Wort zu Ende gesprochen hatte, explodierte

was an seiner rechten Backe. Blitzschnell hatte der Mann einen Stab aus der Jacke gezogen, der einer Staffel bei der Leichtathletik ähnelte, nur, das ihm der Mann den Stab nicht in die Hand reichte, sondern damit in seine rechte Gesichtshälfte drosch. Von der Wucht des Schlages getroffen, taumelte Pascal mit einem Aufschrei zurück, konnte sich aber mit größter Mühe gerade noch auf den Beinen halten. Dann schlug der Mann ein weiteres Mal zu, bis bei Pascal die Sterne funkelten, und er wie vom Blitz getroffen auf den Boden krachte. Bewegungsunfähig packte ihn der Mann unter den Achseln und zog ihn hinter das Tor zurück. Danach nahm er die Fernbedienung und betätige die Infrarot-Schaltung. Schließlich sollte kein Mensch mitbekommen, was jetzt drinnen geschah.

***

Fünfzig Minuten später.

Sein Kopf dröhnte, und schemenhaft sah er eine Gestalt vor sich als er das Bewusstsein wiedererlangte.

Der Mann. Die Zustellung. Der Brief. Eine Falle! Langsam registrierte sein Gehirn was alles passiert war. Der Mann saß vor ihm auf einem Stuhl, über dem Kopf trug er eine schwarze Skimaske. Er hatte ihn in die Küche geschleift und seinen Oberkörper mit einem Kabelbinder an einen Stuhl gefesselt. Seine beiden Arme waren mit den Handgelenken nach vorn gerichtet und mit einem Stahlseil verbunden, sodass er seine Finger leicht bewegen konnte. Pascal fragte sich im Stillen, warum er so sonderbar gefesselt war. Der Mann stand langsam auf und tätschelte sein Gesicht. An den Händen trug er blaue Latex-Handschuhe.

„Und, wie geht`s unserem Herzensbrecher?", fragte ihn der Mann spöttisch. Die Stimme kam ihm völlig fremd vor, den Typ kannte er bestimmt nicht. Und nach einer verstellten Stimme, hörte es sich jedenfalls auch nicht an.

„Was willst du?", presste Pascal hervor, der ein ganz übles, schlechtes Gefühl hatte.

„Antworten!"

„Welche Antworten?"

Der Mann stand auf und kramte etwas aus seiner Seitentasche. Dann hob er es Pascal vor die Augen. „Weißt du, was das ist?"

Pascal kam der Gallensaft hoch. „Eine Schere."

„Richtig. Bist gar nicht so blöd, wie du aussiehst. Allerdings ist es keine normale Schere, sondern eine Gartenschere. Damit schneidet man – in der Regel – Sträucher und Äste ab."

„Was soll das?" Pascal stiegen Tränen in die Augen. Er hätte den Flug viel früher buchen sollen. Jetzt saß er vor einem Wahnsinnigen der ihn quälen wollte.

„Ich sagte doch, Kollmannsberger. Antworten. Für jede unbeantwortete Frage, wirst du einen Finger verlieren! Sind die alle weg, geht's mit deinen Fußzehen weiter, außer du bist bis dahin noch nicht verblutet. Wie gefällt dir das?"

„Nein!", brüllte Pascal. „Du bist irre. Mach mich sofort los." Tränen liefen über seine beiden Wangen und fielen auf den Teppich.

Lässig spielte der Mann mit der Schere, und strich dabei behutsam mit einem Finger über die Klingen. Dann schob er seinen Stuhl noch näher an Pascal heran. „Jetzt fang doch nicht gleich zu flennen an. Ich hab mir das Teil vorher extra noch im Baumarkt geholt. Schließlich soll bei einmal zwicken, dein Fingerlein gleich auf den Boden fallen. Ich hasse unnötige Nacharbeiten, das gibt sonst nur eine Sauerei. Außerdem hab ich nicht so viel Zeit. Also, fangen wir von vorne an; Frage 1 lautet: Hast du Tanja Probst nach Prag verschleppt oder verschleppen lassen?"

Zehn Sekunden Stille.

Kollmannsberger überlegte fieberhaft, in denen der Mann seine rechte Hand packte und den kleinen Finger zwischen die Schere hielt.

„Tanja Probst? Kenn ich nicht."

Ein Schnitt. Ein tierischer Schrei. Der Finger fiel auf den Teppich und das Blut spritzte hinterher.

Pascal brüllte wie noch nie zuvor in seinem Leben. Der Schmerz war unerträglich, und sein Körper zuckte auf dem Stuhl wie unter Krämpfen. Nach dreißig Sekunden, in denen er sich etwas beruhigt hatte und nur noch wimmerte, fragte der Mann ein weiteres Mal. „Pascal, ich hätte dich wirklich für klüger gehalten. So wirst du unweigerlich zum Krüppel werden. Wusstest du nicht, dass es wesentlich schwieriger ist, einen Finger zu ersetzen, als beispielsweise ein Bein? Glaub mir, ich bin ehrenamtlich bei den Sanitätern, ich kenn mich da ein bisschen aus." Dann schnappte er sich die andere Hand und hielt die Schere wieder über den kleinen Finger. „Also, nochmal: Hast du Tanja Probst nach Prag verschleppt, in diesen widerlichen Prager Nightclub?"

Pascal hob sein schmerzverzerrtes Gesicht in seine Richtung und stammelte schluchzend. „Ja, ich war`s. Bitte binde mich ab, sonst bin ich in ein paar Minuten verblutet. Bitte!"

„Gleich, nur nicht so voreilig, jetzt kommt erst die zweite Frage: Wer sind deine Auftraggeber? Überleg dir gut, was du antwortest. Mit zwei blutenden Fingern dauert die Verblutung etwa fünfzehn- bis zwanzig Minuten. Ich bediene mich derweil aus dem Kühlschrank und seh dir beim Krepieren zu."

Pascal überlegte nur zwei Sekunden und nannte weinend einige Namen. „Bitte, ich halt die Schmerzen nicht mehr aus. Binde mich ab, du hast jetzt alles was du wolltest."

„Wo wohnen diese Männer?"

Pascal sagte ihm zwei Städte und meinte: „Ich kann es dir aber nicht sicher sagen, das hab ich nur von diesem Iwan vor vier Wochen gehört, als wir uns alle in Prag trafen."

Der Mann überlegte und fragte: „Was habt ihr mit den ganzen Frauen gemacht? Es wurden doch viel mehr entführt, als die, die im Crazy Horse arbeiten?"

Pascal`s Zustand wurde zusehends schwächer, er hatte bestimmt schon über einen halben Liter Blut verloren. Er spürte, das seine Energie und auch sein Überlebenswille immer mehr nachließen.

„Bitte", winselte er, „ich mach`s nicht mehr lange. Ich hab doch niemandem was Böses getan."

„Was ist mit den Frauen passiert, die sich nicht gefügt haben?"

Pascal keuchte, während das Blut an seiner Wunde unaufhörlich auf den Boden tropfte. „Ich hab nur mitbekommen, dass sie einige nach Russland oder in einen anderen Ostblock-Staat gebracht haben."

„Und einige wurden getötet. Stimmt`s, Pascal? In einigen Seen in Bayern, wurden in den letzten Monaten mehrere Leichen angeschwemmt. Alles junge attraktive Frauen, für die ihr keine Verwendung mehr hattet, weil sie sich gesträubt haben, oder an euren verdammten Drogen verreckt sind. Stimmt`s, du verdammtes Schwein?"

„Bitte, verzeih mir", winselte Pascal und legte seinen Kopf schief, „Mit den Morden hab ich nichts zu tun, auch nicht mit der Frau in dem Wagen vor dem Club. Ich hab nur die Frauen gebracht. Ich hab keine geschlagen oder umgebracht, das musst du mir glauben. Verdammt, ich krepiere, das hab ich nicht verdient. Bitte, ich fleh dich an, binde mich ab und lass mich laufen."

Der Mann schien zur Besinnung zu kommen. Er starrte ihn sekundenlang an, dann stand er auf und holte ein Geschirrtuch. Dann stellte er sich hinter Kollmannsberger.

„Was? Was ha…?" Dann presste ihm der Mann das Tuch in seinen Mund, bis sich seine Wangen ausbeulten. Er riss und schwankte mit seinem Oberkörper, aber der Mann setzte sich seelenruhig wieder hin und packte seine Hände. Ein Finger nach dem anderen, purzelte in den nächsten sechzig Sekunden auf den Boden. Kollmannsberger verlor die Besinnung von den Qualen und dem Blutverlust. Als Kollmannsberger wie ein nasser Sack schräg am Stuhl hing, stand der Mann mit der Maske auf, und spülte das Blut von den Klingen unter dem Wasserhahn ab. Dann verpackte er in aller Seelenruhe seine Utensilien und vergewisserte sich, dass er keine Spuren hinterlassen hatte. Obwohl ihn Kollmannsberger nicht mehr hören konnte, flüsterte er am Türrahmen: „Nach der Frau im Fahrzeug hab ich gar nicht gefragt, das konnte nur jemand wissen, der damit unmittelbar zutun hatte! Wenn ich im Auto sitze, rufe ich den Notruf an. Wenn sie ihn Frankfurt sehr schnell sind, überlebst du vielleicht. Wenn nicht, auch egal. Dann kannst du im Himmel für all die Frauen beten, denen du unsägliches Leid zugefügt hast." Dann zog er die Skimaske vom Kopf und lief zum Auto. Es gab schließlich noch Wichtigeres zutun.

45

Bad Aibling, zweite November-Woche. Sonntagabend

Die körperlichen Wunden waren wieder verheilt. Glücklich saßen Tanja Probst, ihr Freund Marco Eckstein, sowie ihre Schwester Petra, gemeinsam auf der Couch ihrer Wohnung in Bad Aibling. Am Montag würde sie wieder ihre Arbeit in der Klinik aufnehmen können, und die Decke würde ihr nicht mehr auf den Kopf fallen. Ihr behandelnder Arzt hatte darauf bestanden, dass sie sich nach dem stationären Aufenthalt im Krankenhaus noch einige Tage daheim erholte.

„Gott sei Dank, kann ich am Montag wieder zur Arbeit. Zu viel Freizeit kann ganz schön langweilig sein", meinte sie, und drückte dabei die Hand von Marco, der dicht gedrängt neben ihr auf der Couch saß."

Ihre Schwester Petra nickte zustimmend. „Vor allem wenn man krankgeschrieben ist. Aber sei froh, dass du dich noch einige Tage erholen konntest, andere wären glücklich weniger arbeiten zu müssen.

Tanja hob ihre bandagierte Hand hoch. „Mit Verband lässt sich schlecht Sport machen oder in die Sauna gehen."

„Was machst du dann morgen in der Klinik?", fragte Marco und schnappte sich eine Tortilla-Scheibe, die er aus einer Schüssel am Tisch nahm. „Ihr müsst doch als Therapeuten auch aktiv was machen?"

„Kommt immer drauf an, was. Wenn ich Übungen zur Wassergymnastik am Beckenrand demonstriere, brauch ich keine gesunde Hand, das geht auch mit lädierter. Und für Entspannungsübungen reichts auch, das geht auch mit Verband. Ich werd mir die Übungen aussuchen, die gut für mich machbar sind. Oder, Marco, ist es dir lieber, ich geh in die Therme und ein gutgebautes Bürschchen, so wie der Pascal, läuft mir wieder über den Weg?"

Alle drei lachten und prosteten sich mit einem Glas Sekt zu.

„Übrigens", meinte Petra, „kurz nachdem dieser Kollmannsberger verblutet ist, bekam die Staatsanwaltschaft in München einen Brief von einem Unbekannten, mit einer Liste von Männern, die direkt oder indirekt mit diesem ganzen Fall was zutun hatten. Zwei dieser vier aufgeführten Männer, wurden schon verhaftet. Auch der Vater von dem Pascal, steckt mit in der Sache drin, sogar mit Geldwäsche. Zwei Clubs in Prag haben sie auch schon hochgehen lassen, anscheinend steckt sogar der Polizeichef mit in diesem ganzen Sumpf von Kriminellen."

Auf vorherigen Wunsch von Marco, hatte Tanja ihre Schwester Petra gebeten, nicht über den Tod von Marcos Mutter zu sprechen, da ihm dass – verständlicher Weise – sehr nahe ging. Auf einmal holte Marco aus seiner Jackentasche eine Zeitung hervor und legte sie auf den Tisch. „Habt ihr die Schlagzeile vor neun Tagen gelesen? Einen Tag zuvor, war doch dieser spektakuläre Schusswechsel auf der Kampenwand."

Beide Frauen schüttelten den Kopf, und er faltete die Bildzeitung auf, sodass sie die komplette Vorderseite und die große Schlagzeile darauf sahen. Sie sahen das Bild einer nackten Frau, mit einem Beil in der Hand, die in eindeutiger Stellung auf einem nackten Mann saß. Darüber stand:

„BASIC INSTINCT" im Chiemgau! - Tödlicher Sex -

„Nicht einmal beim Bumsen, ist man vor Spannern sicher", meinte Tanja lachend. „Wenn der Polizist nicht wenige Sekunden zuvor geschossen hätte, wäre vermutlich eine Aufnahme mit halbiertem Schädel zu sehen gewesen."

„Ja, verrückte, gestörte Welt", erwiderte Marco grinsend und hob sein Glas. „Gott sei Dank, nun hat alles ein gutes Ende genommen, und dieser Pascal hat auch bekommen, was er verdient hat. Stossen wir an, auf eine gesunde und glückliche Zeit." Dann klirrten die Gläser und Marco gab Tanja einen innigen Kuss. Später wollte er ihr noch eine besondere Überraschung zeigen.